DIE KINDER DER MAMA BAIKOWSKI

von

GÜNTER BAUM

Eine Ost- Westdeutsche Erzählung

Libri Books on Demand

ISBN 3-8311-0681-9

KOPFSTEINPFLASTER UND SAUERKRAUT

Die Straße führte, mit leichter Krümmung und starkem Gefälle, direkt zum Fluß. Gesäumt von alten Häusern mit verwitterten Fensterrahmen und abbröckelnden Putz trug sie den Namen des nahen Flusses.

Erich blieb vor dem Haus Neißstraße 3 stehen und zögerte.

Das Gefälle war hier schon so stark, daß die rechte Seite des vierstöckigen Gebäudes tiefer auf dem Grund stand als die linke, an der sich die Haustür befand.

Als er schließlich die schwere Klinke niederdrückte, gab es einen harten Laut, der durch den ganzen Hausflur hallte.

Abgewetzte Holzstufen mit einem ebenso abgewetzten Geländer inmitten nach Kalk schreiender Wände und ein allgegenwärtiger Kellergeruch empfing den Eintretenden, der immer noch zögerlich im Halbdunkel nach oben schritt.

Neugierig lehnte er sich in der ersten Halbetage zum Hoffenster hinaus. Ein kleiner Hinterhof, der wohl kaum Sonne sah, da die nackten und unverputzten Brandmauern angrenzender Gebäude ihn in ein dunkles Viereck zwangen, auf dem hauptsächlich nur die Mülleimer der Bewohner standen.

Ein pfeifendes Geräusch, ähnlich dem Abschuß eines Luftgewehres, weckte sein Interesse. An der gegenüberliegenden Mauer spritzte roter Ziegelstaub auf, und nach dem Schnalzen eines Gummis entdeckte er am Fenster über ihm Gert, der ein selbstgefertigtes Katapult in Händen hielt und zu ihm hinunter grinste.

"Hast du es gesehen?"

"Was? Was soll ich gesehen haben?"

"Na die Ratte, die hier immer hin und her spaziert. - Da! Paß auf!"

Gemächlich und ohne große Eile lief eine Ratte auf dem Mauervorsprung entlang. Wieder ein Zischen und das Aufspritzen von Ziegelstaub. Der Einschlag war genau über dem langen Schwanz der Ratte erfolgt. Doch bevor sie hätte ein zweiter Schuß erreichen können, zog sie es vor, im Nachbargrundstück zu verschwinden.

"Gestern hatte ich eine erwischt", meinte Gert stolz, als dann Erich neben ihm stand.

"Mit was schießt du da? Was sind das für Kugeln?"

Gert holte eine Handvoll aus der Hosentasche. "Sind aus einem Kugellager eines kaputten Fahrrads."

"Ist ja mörderisch!"

"Stimmt. Hat eine tolle Durchschlagskraft!"

Erich ließ den Schützen kopfschüttelnd stehen und stieg weiter nach oben. Er wollte zu Maria, der Schwester von Gert, die er vor wenigen Tagen erst bei einem Tanzabend im gegenüberliegenden "Bürgerstübel" kennengelernt hatte.

Ein kleines, schlankes und schwarzhaariges Persönchen, das ihm bescheiden und etwas hilfsbedürftig vorgekommen war, das sich verlegen seinen Blicken hatte entziehen wollen aber dann schließlich doch einem Spaziergang durch die nächtlichen Straßen zugestimmt hatte.

"Ich werde es Mama sagen, wenn du jetzt nicht mit nach oben kommst", hatte ihr die jüngste Schwester Elma, energisch mit dem Hausschlüssel klappernd, noch nachgerufen. Ohne Erfolg.

Irgendwo in einer der menschenleeren Parkanlagen war es zum ersten Kuß gekommen, und Erich erfuhr eine ostpreußische Flüchtlingsgeschichte, die sein Mitleid wachrief und seinen Entschluß stärkte, dieser Maria beizustehen, sie zu beschützen gegen wen oder was auch immer.

Er versuchte sich diese abenteuerliche Flucht vor den Russen aus Ostpreußen vorzustellen. Der Vater galt als vermißt, und so mußte Erdmunde Baikowski mit sieben Kindern die hohe Kunst des Überlebens beherrschen. Daß nur eines der Kinder auf diesem mörderischen Treck gestorben war, konnte damals als Wunder angesehen werden.

Und nun brach Erich ein in diese fremde und neue Heimat der Entwuzelten, wollte sich bei der Mutter und den Geschwistern vorstellen, um für Maria, die er so oft wie möglich wiedersehen wollte, die Ausgangszeiten zu lockern.

Ein wenig Herzklopfen beim Betreten der Wohnstube. Verblichene Tapeten und alte Möbelstücke, die nicht so recht zusammenpassen wollten und trotz der hohen Fenster wenig Licht. Doch das Bemühen um Sauberkeit war erkennbar. Es roch nach Kohl.

Erdmunde Baikowski, vollschlank, mittelgroß und mit Augen, aus denen die Gewißheit sprach, daß das Leben außer Kampf nichts zu bieten hatte, trat in Küchenschürze auf den Gast zu, und mit dem Versuch eines Lächelns meinte sie beim Händeschütteln: "Es war nicht gut, das Mädchen die ganze Nacht auf der Straße zu lassen. Ja, ja - ich habe natürlich geschimpft. Ja- habe ich."

Sie sprach stockend wie nach Bewältigung eines schweren und nicht verarbeiteten Schocks. Nur das Funkeln in ihren Augen verriet den starken Willen, alle Belange ihrer Kinder zu verteidigen.

Kleinlaut erwiderte Erich nur: "Ich versichere, ihrer Tochter ist nichts geschehen. Wollte nur - ich meine, - wie es sich gehört - mich vorstellen."

Der Gesichtsausdruck der Mutter hellte sich auf, und ihr Ton wurde versöhnlicher.

"Maria hat mir von Ihnen erzählt. Maria ! Maria - " Sie unterbrach sich und blickte zu einer Tür der anderen Räume. "Maria ! Wo bist du? Willst du wohl kommen!"

Auf dieses Stichwort schien nicht nur Maria gewartet zu haben, denn diese betrat nun in Begleitung ihrer jüngsten Schwester Elma die Stube. Ihren roten Gesichtern war anzusehen, daß sie gelauscht hatten.

Man setzten sich gemeinsam an den großen Tisch, und Erich wurde auf das Sofa geschoben, weil man glaubte, dem Gast etwas Weiches anbieten zu müssen.

Elma hielt sich mit ihren siebzehn Jahren weitgehend zurück und sagte kaum etwas.

Ihr war lediglich anzusehen, daß sie sich selbst zu fragen schien, was das wohl für ein Mensch sein mochte, den ihre Schwester da ins Haus gebracht hatte.

Erich mußte reden. Und er tat es mit klarer, deutlicher, ausgebildeter Stimme.

Als er endlich schwieg, blieb es ruhig, denn keiner der Zuhörenden konnte mit dem, was er soeben erfahren hatte, etwas anfangen.

Ein Künstler, der vom Theater kam !

Kein Tischler oder Schlosser. Nein. Einer, der sich das Gesicht anmalt, sich verkleidet und lange Texte lernt.

Bevor Erich herausfinden konnte, ob diese Verlegenheitspause vielleicht auch Bewunderung hätte sein können, wurde er von der Mutter ganz übergangslos gefragt, ob er denn etwas essen möchte.

Sicher hätte er nicht so spontan zugestimmt, wäre er unterrichtet gewesen, welches Mahl ihm da vorgesetzt wurde.

Klunkersuppe ! Alle Bestandteile herauszuschmecken war ihm nicht möglich; dafür gab es in dieser Suppe etwas, das er noch nie hatte leiden mögen - dicke Mehlklumpen, und er hatte Mühe, sein Würgen zu verbergen und Appetit zu heucheln.

Nur Maria schien es zu ahnen, denn er erhielt dankbare Blicke von ihr als Auszeichnung für seine Tapferkeit.

Und eben diese Blicke waren es, die ihn hätten noch ganz andere Taten vollbringen lassen.

"Na? Noch einen Nachschlag?"

Die Mutter hatte die Schöpfkelle schon in der Hand.

"O ja, bitte, wenn ich darf. - Es schmeckt wunderbar!"

Erich hörte es sich sagen und war über sich selbst erstaunt. Alles nur um dieser zarten Maria zu imponieren und der Mutter natürlich auch.

Er versuchte es mit einer Überrumpelungstaktik um abzulenken und lud Maria ins Kino ein. Von der Mutter kam kein Widerspruch. Nur Elma schien neidisch zu sein.

Aber die erste Hürde war genommen, und für Erich stand nun die Neißstraße 3 immer offen.

Maria ging fleißig und ohne Fehlzeiten als Näherin ins Bekleidungswerk, ihre Mutter, aus Ostpreußen noch harte Landarbeit in den Knochen, versah regelmäßig eine Arbeit als Putzfrau, Elma erbrachte Männerleistung in einer Schweinemästerei an der Stadtgrenze, und Gert war in einer Tischlerlehre.

Gerlinde und Frieda, die älteren Schwestern, waren bereits verheiratet und kamen nur noch hin und wieder zu Besuch in die Neißstraße und Hugo, Marias ältester Bruder, war auf einer Offiziersschule der Marine.

Daß Erich manchmal bis zum Mittag schlafen konnte, wenn keine Probe im Theater an-
gesetzt war, stieß bei den Baikowskis auf völliges Unverständnis. Hieß das nicht, dem
lieben Gott den Tag stehlen?

Selbst einmal eine Vorstellung zu besuchen, wurde als reine Geldverschwendung angesehen.

Vielleicht, wenn die Liebe groß genug war, so glaubten sie, würde es ja Maria gelingen,
diesen Theatermenschen vom Sinn und Nutzen einer Händearbeit zu überzeugen.
Man wollte abwarten.

Der Winter zeigte sich sehr wechselhaft.

Mal taute der liegengebliebene Schnee, und das Wasser ergoß sich i n vielen kleinen
Rinnsalen die Neißstraße abwärts und bildete an den tiefgelegenen Uferpartien beachtliche Pfützen, dann wieder fiel die Temperatur auf zweistellige Minusgrade, und es
krachte und knirschte beim Überschreiten der vorher angetauten Flächen.

Während Erich als verpimpelter Großstädter glaubte, sein Gesicht wäre eine steifgefro-
rene Maske, und er sich kaum noch traute bei schneidigem Ostwind seinen Mund zu
öffnen, ging Maria unbekümmert neben ihm und machte sich lustig über die jammer-
volle Steifheit ihres Begleiters.

"Das war bei uns in Ostpreußen noch viel kälter."

Aber diese Feststellung konnte Erich auch nicht erwärmen. Er ärgerte sich nur insgeheim, daß dieses kleine, zarte Wesen mehr auszuhalten imstande war als er selbst.

Trotzdem stand er auch bei bitterster Kälte vor dem Tor des Bekleidungswerkes, um
seine Maria abzuholen.

Frierend ging es dann zur Neißstraße, wo immer eine warme Mahlzeit zum Aufwärmen
bereitstand. Und - es war ja nicht immer nur diese Klunkersuppe.

An einem dieser kalten Tage holte die Mutter einen Likör hervor, der noch von Weihnachten übriggeblieben war, und meinte, genierlich die Hände an der Schürze reibend:
"Wird eigentlich Zeit, daß wir uns duzen."

Und mit dem gefüllten Glas in der Hand: "Also - ich bin die Erdmunde. Aber du kannst
ruhig Mama zu mir sagen."

Nicht ohne Rührung gab man sich im Beisein feixender Familienmitglieder den Kuß.
Erich war aufgenommen, gehörte dazu.

Gert grinste schamlos. Hielt er doch diesen Theatermenschen, der manchmal sogar
bei Radiomusik dirigierte, schlichtweg für einen Spinner. Harmlos zwar - aber eben
doch ein Spinner.

Erich übernachtete immer öfter auf dem Sofa in der Wohnstube. Alles unter Mamas

Aufsicht und alles mit Schick und Anstand.

Letzteres gab auch den Ausschlag an eine Verlobung zu denken, um das "wilde" Verhältnis zu normalisieren.

Obwohl Maria diesen Vorschlag mit Zurückhaltung aufnahm, war Mama doch sichtlich erleichtert, daß dieses lockere Liebesverhältnis in eine feste Bindung übergehen sollte.

Bald darauf standen Maria und Erich in dem kleinen Juweliergeschäft im unteren Teil der Bautzener Straße auf der Suche nach erschwinglichen Verlobungsringen.

"Verlobungsringe? - Ja also - Gold hamwa nich. Es sei denn, Sie können mir Gold zum Umarbeiten bringen. Alte Schmuckstücke oder so - "

Nein, das hatten sie beide nicht.

"Tja - dann kann ich nur Ringe aus Asigo anbieten."

Asigo? Keiner von beiden hatte je diesen Begriff gehört, was der Juwelier ihnen ansah und auch gleich zu einer Erklärung ausholte.

"Also - das ist ein Metallkern mit einer Legierung darüber. Sieht aus wie Gold - ist aber wesentlich billiger."

Maria und Erich besahen sich die Ringe und konnten augenscheinlich keinen Unterschied zu den erhofften Goldringen feststellen.

"Wenn se nich passen, macht das nischt. Ich nehme Maß, und in zwee Tagen sind se fertig."

Und so blieb es dabei. Asigo hin, Asigo her. Jeder würde sie für Goldringe halten.

Die beiden Vorverlobten traten dann auch mit einer Feierlichkeit aus dem Laden, so als hätten sie sich gerade das Jawort auf dem Standesamt gegeben.

Als sie den Kaisertrutz umrundeten und der Neißstraße entgegenliefen, war Maria erstmals bereit, sich bei ihrem Erich einzuhaken, und die Kälte war plötzlich nicht mehr wahrnehmbar.

Erich sollte unbedingt Marias älteste Schwester Gerlinde kennenlernen.

"Ihr wollt euch verloben?" fragte diese nach der Begrüßung überlaut, so als hätte sie diese Neuigkeit aus der Zeitung.

"Also, ich muß schon sagen! - Ach was! Ich muß gar nichts sagen. Außer, daß ich überrascht bin, was für einen netten Mann du mir da vorstellst."

Wie um Vorteile gerecht zu verteilen, legte sie den Arm auf die Schulter der Schwester.

"Aber sie ist ja auch ein liebes und nettes Ding, meine kleine Schwester."

Maria überhörte diese mütterliche Anpreisung, genügte ihr doch zu wissen, daß Erich einen guten Eindruck machte.

"Du kommst doch mit deinem Mann zu unserer Verlobung?"

Der Respekt in Stimme und Blick vor der älteren Schwester blieb Erich nicht verborgen.

"Aber du weißt doch, Kleines", kam es im bedauerlichen Ton, "von der Technischen Hochschule kann man nicht einfach Urlaub machen, und ich selbst bin als Kranken- schwester an Dienstpläne gebunden." Dabei strich sie zärtlich über eines der vielen Deckchen, die überall herumlagen. "Gefällt es dir?"

Und Marias verlegenes Lächeln als Zustimmung verstehend: "Dann bekommst du ei- nen ganzen Satz davon zu deiner Hochzeit."

"Die habe ich nämlich", wandte sie sich nun stolz zu Erich, "alle selbst gehäkelt. Wird ja wohl nicht so lange dauern, bis ihr heiratet? Meine Güte! An den Gedanken muß ich mich erst noch gewöhnen. Mein kleines Schwesterchen verlobt sich und wird bald heiraten!"

Erich staunte, wie kleinlaut sich Maria ihrer älteren Schwester gegenüber gab, so als wäre Gerlinde ihre zweite Mutter.

"Schade", sagte sie nur auf die Absage zur Verlobungsfeier, "aber ein Heiratstermin steht noch nicht fest."

Es wurde ein kleiner Kreis, denn auch Hugo konnte so kurzfristig die Marineschule nicht verlassen, und Erichs Eltern nahmen diese Verlobung nicht ernst. Sie wollten erst einmal abwarten, ob es denn wirklich zu einer Hochzeit kommen würde.

Mama Baikowski dagegen ließ es an Feierlichkeit nicht fehlen, und sie hatte - eine Sel- tenheit - an diesem Abend sogar ihre Küchenschürze abgelegt, und mit glänzenden Au- gen und geröteten Wangen, obwohl sonst nie sehr gesprächig, gab sie einige ostpreu- ßische Geschichten zum Besten.

Und die Asigo-Ringe funkelten, als wären sie aus Gold.

Als Erich am nächsten Morgen auf dem Sofa erwachte, registrierte er mühsam zwei Dinge.

Zum einen fiel schon das Tageslicht in den Raum, und zum anderen fühlte er einen un- angenehm klebrigen Gaumen. An seinem Fußende bemerkte er Mama, die ihn schon einige Zeit beobachtet haben mußte, denn sie lachte verlegen.

"War doch etwas viel gestern abend? Ich dachte schon, Elma hätte dich wachge- macht. Sie ist immer sehr laut, wenn sie etwas tut. Ich habe sie nach Sauerkraut ge- schickt. Mit dem kann man den Kater verjagen. Und du hast doch einen Kater?"

Die Vorstellung, gleich Sauerkraut essen zu müssen, ließ Erich das Wasser im Mund zusammenlaufen.

"Warum bist du bei dem Schnee nur in diesen leichten Latschen gegangen?" fauchte Mama, als Elma mit dem in Zeitungspapier eingewickelten Sauerkraut ins Wohnzimmer polterte.

"Die paar Schritte bis zur Weberstraße!" maulte Elma zurück. Ihr unschuldiges Grinsen ließ vermuten, daß sie es auch barfuß geschafft hätte.

"Ich werde jetzt Maria aus den Federn holen", kam Mama einer Frage Erichs zuvor.

"Und wann", rief Elma mit vollem Mund hinterher, "frühstücken wir?"

Sie hatte ihre Finger schon im Sauerkraut, so als wäre das ganze Paket nur für sie allein bestimmt.

Vor männlicher Gier sollten sie auf der Hut sein und den Bereich unterhalb der Gürtellinie schützen. So etwa hießen die Anordnungen, die Mama Baikowski ihren Töchtern weitergegeben hatte als Notwendigkeit der Erfahrung und Anschauung der Vertreibung.

Wie schlimm auch diese Erfahrungen gewesen sein mochten, ein Vertrauen in körperliche Liebe konnte so nur schwer wachsen.

Und so waren die intimen Stunden mit Erich von Marias Angst und Scheu geprägt. Der Reiz der Hingabe kämpfte mit den eingehämmerten Moralvorstellungen.

Und der Kampf blieb lange unentschieden.

An einem arbeitsfreien Tag wurde Maria in einer Art Trancezustand zusammengekauert im Hausflur aufgefunden. Sie gab keine Antwort und schien auch niemand zu erkennen.

Alle waren aufgeschreckt, und alle waren ratlos.

Erich ließ in seiner Hilflosigkeit geschehen, daß Maria von den Geschwistern in die nahegelegene Ambulanz in der Uferstraße gebracht wurde, von wo man sie nach kurzer Untersuchung ins Krankenhaus fuhr.

Mama war derart aufgeregt, daß sie kaum einen zusammenhängenden Satz herausbrachte. Immer wieder "Nein, nein" und "ich verstehe es nicht".

Dann ein hilfesuchender Blick auf Erich. "Habt ihr etwa gestritten?"

Nein, es hatte keinen Streit gegeben.

Auch Erichs Bekenntnis, daß er es auch nicht verstehen würde, konnte Mama nicht beruhigen. Sie war in Verteidigungsstellung - wußte nur nicht gegen wen.

"Ihre Tochter hat Augentropfen geschluckt", erfuhr sie dann vom Arzt. "Wir brauchen das Fläschchen. Suchen Sie es!"

Mama heulte auf, und Erich suchte mit Gert das Fläschchen.

Als sie es dem Arzt brachten, sprach der von gezielter Entgiftung, und die Krankenschwester nahm Erich beiseite und erklärte eindringlich und feierlich: "Wissen Sie, - eine Frau ist wie eine kostbare und zerbrechliche Uhr, und so will sie auch behandelt werden. Denken Sie immer daran!"

Aber was nutzte das? Maria war nicht bereit, über einen Beweggrund zu reden, und Erich näherte sich ihr nur noch mit äußerster Vorsicht.

Gert, ebenfalls in Sorge um seine Schwester, fragte nur: "Habt ihr etwa ein Kind gemacht?"

"Was heißt hier etwa? Nein, wir haben kein Kind gemacht."

"Ihr heiratet doch sowieso bald", sinnierte der Bruder. "Vielleicht ändert sich Maria, sobald sie ein Kind hat."

Er sagte es beiläufig und wollte eigentlich gar keine Antwort.

Bald heiraten hieß auch, bald eine eigene Wohnung haben, und Erich hätte seine Maria ganz für sich allein, und sie wäre nicht mehr so vielen Einredungen ausgesetzt. Dann würde sie sich ganz bestimmt auch ändern.

Für Mama Baikowski allerdings schien plötzlich alles viel zu schnell zu gehen.

"Was wollt ihr denn in die Wohnung stellen? Wie wollt ihr so schnell einen Hausstand gründen? Und wenn der Winter kommt, dann müßt ihr genügend Kartoffeln und Kohlen im Keller haben."

"Aber Mama!" protestierte Gert. "Bis zum nächsten Winter ist noch viel Zeit."

"Ich weiß nicht, ich weiß nicht!" Mit diesen Worten taxierte sie immer wieder argwöhnisch ihre Tochter, die schweigsam blieb, und Erich, der die plötzlichen Bedenken nicht verstehen konnte.

Er dachte an ein Ehestandsdarlehen, um das Nötigste für einen Hausstand erwerben zu können. Viele jungen Eheleute begannen so. Allerdings mußten sie ein geregeltes Einkommen haben, und eben das hatte er nicht, weil er als Volontär vom Theater nur für jede geleistete Vorstellung bezahlt wurde, und das war zu wenig und galt nicht als regelmäßig.

Mitten in diese Gedanken hinein wurde er zum Intendanten gerufen.

Die Märzsonne sah schon schadenfroh auf die Schmutzhaufen der Gehsteige, unter denen sich der letzte Schnee versteckte, und das Tauwetter erzeugte Vorfrühlingsgedanken.

Erich hatte eigentlich nur noch seine letzten kleinen Rollen abzuspielen, und so glaubte er an Abschiedsworte des Intendanten. Doch der wirkte nervös.

"Also - wir sind da ein bißchen in der Klemme", begann er anders als erwartet. "Stichwort - die dritten Weltfestspiele der Jugend in Berlin. Jeder Betrieb - und auch unser Theater ist ein Betrieb - muß prozentual zu seiner Belegschaft Delegierte entsenden. Das heißt für uns, daß wir wenigstens eine Person dafür auf die Beine stellen müssen."

Der stechende Blick des Intendanten ruhte nun auf Erich, der sich Mühe gab zu begreifen.

"Muß ich - ich meine - soll ich das so verstehen - ?"

Ein patschender Hieb des Chefs mit der flachen Hand auf einen Stapel Prospekte und Erleichterung in seinem Gesicht.

"Ja natürlich! Sie sind jung und unsere Rettung. Ich würde es an Ihrer Stelle als eine Rolle betrachten."

"Aber ich bin doch gar nicht in der FDJ."

"Ach du meine Güte!" wurde der Chef theatralisch. "Wer von uns ist schon in der FDJ?

Sie werden Berlin kennenlernen! Außerdem haben wir im Fundus bereits ein passendes Blauhemd. Sie wissen schon. Sie trugen es in Wangenheims Stück. Na? Dann ist ja alles klar."

Ein freundschaftlicher Klaps auf Erichs Schulter machte den Handel perfekt und eine Gegenrede unmöglich.

Wenige Tage später marschierte Erich mit vielen Blauhemden in Berlin über den Marx Engels Platz, holte sich regelmäßig seine Hartwurstration in den Räumen einer stillgelegten Fabrik in der Nähe des Ostbahnhofs ab, in der sich auch das Nachtlager auf Strohmatten befand und verzog sich in jeder freien Zeit in den Westteil der Stadt.

Und weil es verboten war, machte es noch größeren Spaß.

Die Anwesenheitsliste bei der Essenausgabe belegte lediglich, daß sich jeder Eingetragene zur Zeit des Abhakens im Ostteil der Stadt befand. Die totale Freizeitkontrolle blieb ein Wunsch der Funktionäre.

Für Erich gab es im Westteil der Stadt vertraute Umgebungen, da er zuvor bereits als Delegierter des Kirchentags in einem Zeltlager der Engländer in Pichelsberg untergebracht gewesen war und sich damals sehr gewundert hatte, welche Lügen in der DDR-Presse über dieses Lager verbreitet worden waren.

Nach deren Berichten wäre damals ein großer Teil der Lagerbewohner mit Kakao vergiftet worden. Seitdem mußte er am Wahrheitsgehalt aller Berichte zweifeln.

Aber war nicht seine Rolle als falscher FDJler auch eine Lüge?

"Jeh oh jeh! Was für ein verwöhntes Jungche!" stöhnte Mama Baikowski, als Maria ihr berichtete, daß sich ihr künftiger Schwiegersohn aus der hauseigenen Klunkersuppe nicht viel machen würde.

Maria wollte ihn damit der Heuchelei überführen, aber Frieda, zweitälteste der Schwestern und gerade auf Besuch, lachte nur und hatte für Erichs Geschmack Verständnis.

"Ich kann dir ja ein paar Eier braten", bot sie ihm an. "Magst du Rühreier?"

Sie war schlank und wirkte selbstbewußt, und sie übersah den strafenden Blick von Maria.

"Du mußt deinen künftigen Mann mehr verwöhnen", riet sie vorwurfsvoll. "Also? Wieviel Eier?"

Als Erich "zehn" sagte, wollte er es eigentlich als Spaß verstanden wissen und war deshalb erstaunt, daß kein Aufschrei kam.

Frieda ging lediglich mit einem "das kannst du haben" in der Küchenecke an die Arbeit, und Mama begnügte sich damit, eine Hand vor Aufregung auf den Mund zu legen.

Nur Maria konnte sich nicht mehr zurückhalten. "Warum mußt du eigentlich immer so angeben und übertreiben?"

"Laß ihn doch", kam es aus der Küchenecke. "Schließlich ist er ein ausgewachsener

Mann. Und Eier sind für manches gut."

Ablehnendes Schweigen. Nur Erich fand die Andeutung belustigend. Warum konnte Maria nicht eine so unbekümmerte Fröhlichkeit zeigen?

Frieda ließ ihren künftigen Schwager auch während des Essens nicht aus den Augen, so als wollte sie demonstrativ ihrer Schwester zeigen, wie man einen Mann umschmeichelt.

Auf Maria machte das alles wenig Eindruck.

"Was will er denn damit beweisen? Ich wette, er hat schon Bauchschmerzen und will es nur nicht zugeben."

Elma lümmelte mit aufgestützten Armen am Tisch und grinste. "Wenn er sie nicht ganz schafft, kann ich sie ja essen."

"Oh Jungche", stöhnte Mama. "Wenn das mal gesund ist!"

Nur Gert enthielt sich jeder Stellungnahme. Er stand auf und verließ in seiner gewohnt ruhigen Art die Stube ohne auszusprechen, was er dachte. Etwa: "Ich wußte doch, daß er ein Spinner ist."

"Man muß Männer auch mal bewundern", flüsterte Frieda später ihrer Schwester zu, "das brauchen sie."

"Ja, ja. Ihr könnt ja alle bewundern. Ich sage eben immer alles, wie es ist. Ich bin eben so!"

"Aber vielleicht bist du ein wenig zu streng. Erich möchte doch sicher keine Kratzbürste heiraten."

Der Grenzfluß Neiße berührte mit seinen rechten Ufern den abgetrennten polnischen Teil der Stadt und war, trotz betonter Freundschaft, eine verbotene Zone, die in mancher Hinsicht wie die Demonstration eines Weltendes wirkte.

Die vom Krieg verschonte Stadt mit ihrer dem Verfall preisgegebenen Altstadt züchtete Träumer.

Eingeschlossen, abgeschlossen. Hier konnte man nur noch träumen.

Manch einer liebte in dieser Zeit nur deswegen seine Stadt nicht sonderlich, weil er glauben mußte, von allen Seligkeiten dieser Welt unter Zwang ferngehalten zu werden. Ein Vergleich war nicht erlaubt, und so wuchs die Unzufriedenheit trotz kollektiver Verbrüderung.

Träume waren die erlaubte Zuflucht.

Erstaunlich war für Erich die Entdeckung, daß dieser wortkarge und verschlossene Gert, erdverbunden und realistisch wie alle Baikowskis, offenbar Träumen nachhing. Er jagte zwar weiter auf Ratten, wenn er nichts Besseres vorhatte, aber immer öfter suchte er Erichs Begleitung bei ziellosen Spaziergängen ob nun mit oder ohne Maria.

"Ich möchte einmal etwas ganz Tolles bauen!"

Unvermittelt legte er dieses Bekenntnis bei einem Gang über die Ochsenbastei ab.
Die niedrige Mauer war noch feucht vom letzten Regen und glänzte stellenweise wie eine Speckschwarte.

Sie liefen weiter in Richtung Bergstraße, und Erich wartete noch mit einer Antwort, da er annahm, es würde bald eine Erklärung folgen. Schließlich mußte er doch mit einer Frage nachhelfen.

"Was möchtest du denn Tolles bauen?"

Gert bückte sich nach einem Stein, den er dann über die Mauer und Büsche in Richtung Fluß schleuderte.

"Vielleicht ein Blockhaus", kam es nachdenklich. "Es müßte jedenfalls etwas aus Holz sein."

Und so, als hätte er das Wichtigste bereits gesagt, warf er den nächsten Stein.

"Weißt du - ich könnte mit Metall nicht arbeiten. Das ist so kalt. Holz aber - das lebt. Verstehst du das?"

Wieder zischte ein Stein durch die Luft.

"Da ist was dran, was du da sagst. Ich bearbeite zwar kein Holz, aber ich mag den Duft zerschnittener Stämme ebenso wie den Harzgeruch im Wald. Ich denke, ich kann dich verstehen."

Gert steckte seine Hände in die Hosentaschen, so als wollte er damit seine Befriedigung verbergen.

"Eines Tages", sagte er nur noch, ließ aber den Rest unausgesprochen.

Mitten im launischen Aprilwetter fiel dann die Entscheidung.
Das Aufgebot wurde bestellt, und so mußten die letzten Zweifler endlich Ruhe geben.
Im Mai sollte Hochzeit sein.

Obwohl Maria wie auch Erich getauft und konfirmiert waren, sollte es nur eine standesamtliche Trauung geben. Und das nicht um dem Arbeiter und Bauern Staat, der ja die kirchlichen Bindungen nicht gern sah, entgegenzukommen, sondern ausschließlich aus Kostengründen. Doppelte Feier gleich doppelte Ausgaben.

Erich verkaufte seine Geige und sein Fahrrad, und der Erlös reichte immerhin für die Frackausleihe und die Getränke. Gerlinde bot sich an, das Brautkleid zu nähen, und Mama Baikowski sorgte für das Essen.

Somit war die Hochzeit gesichert.

Die verstreut herumliegenden Pappdeckelordner und Unmengen von Einzelblätter erinnerten Erich sofort an das Zimmer des Dramaturgen im Theater.

Auch der Geruch von alten, abgelagerten Papieren und von Radiergummi gehörte dazu.

Auf allen Akten das Hammer- und Zirkelemblem.

Erich war von der Kreisstelle in dieses Zimmer geschleust worden, in dem die Beauftragten für Arbeitsfragen zuständig sein sollten.

Er saß nun vor einem alten Schreibtisch, hinter dem eine vollschlanke Blondine mit klobiger Hornbrille ihre Arme ausgebreitet über die Papiere hielt, so als wollte sie die Tragfähigkeit des abgewetzten Tisches testen.

Als sie Erichs Arbeitsbuch vor sich liegen sah, zog sie ihre Arme wie Paddeln ein und begann zu lesen.

"Oh Gott! Is nich gerade aussagestark, was?"

Sie blätterte, ihre schwere Brille mit dem Mittelfinger nach oben stoßend, die erste Seite hin und her, so als könnten durch dieses Vorgehen mehr Eintragungen ins Buch kommen. Dann einige tastende Bewegungen über die Papierflut auf dem Tisch und die auffordernde Frage: "Ihre Verdienstbescheinigung?!"

Noch bevor Erich antworten konnte, hob sie ein Blatt hoch. "Ach ja - da isse ja."

Wieder ein Stupsen an der Brille und die erstaunte Feststellung: "Ich hab' garni gewußt, daß beim Theater so wenich verdient wird."

Sie sah länger auf das Blatt, als der Text hergab, legte dann den Zettel auf das Arbeitsbuch und knallte mit der flachen Hand darauf, so als wollte sie beides für immer dort festnageln.

"Daß Se damit keene Familie großkriegen, is mir schonn klar. Mir hamm natürlich ooch Stellen, wo was zu verdienen is. Aber, aber! Nischt von alledem gelernt - das heeßt ganz scheen in die Hände spucken."

Sie erhob sich und holte aus einem der Regale einen Karteikasten, aus dem sie eine Karte zog.

"Ich kann Se in eene Kiesgrube schicken. Bloß - die woll'n von Ihnen natürlich keene Gedichte hören. Da müssen Se lediglich schaufeln, bis die Schwarte kracht. Und wahrscheinlich sind Se dann in eener Woche wieder hier, weil Se sich vor lauter Blasen an den Händen nich mehr die Haare aus'm Gesicht streichen können."

Erichs schwacher Einwand, er könne es ja versuchen, wurde sofort unterbrochen.

"Wenn Se dort nich auf Leistung machen, hamm Se bloß den einfachen Grundlohn, und der is ja dann für Sie ooch keene Verbesserung. Ohne Sollerfüllung sieht's beschissen aus."

Die Blondine lehnte sich nach hinten, so als könnte sie aus größerer Entfernung auch einen besseren Überblick bekommen.

"Sieht nich gut aus, was? Wenn Se jetzt erst anfangen, 'n Facharbeiter zu machen, hamm Se die ersten Jahre ooch nischt. Und so lange woll'n Se ja mit Ihrer Heirat nich warten."

Sie schob ihren Oberkörper wieder zum Schreibtisch zurück.

"Da gibt's eigentlich nur zwe Dinge, wie Se ne bessere Position erreichen können. Soll ich's Ihnen sagen?"

Sie rückte noch näher und wippte bedeutungsvoll mit dem Arbeitsbuch.

"Nu mal ganz unter uns. - Mir hamm doch jetz die Nationale Volksarmee. Wenn Se da ne Dienstzeit hinter sich bringen, dann hamm Se ooch bei der Arbeitsbeschaffung eenen extra Bonus."

"Und was gibt es da? - Ich meine - "

"Sold? - Ne stimmt. Is ooch nich berauschend. Bliebe noch die Möglichkeit, in die Partei einzutreten. Laut ja sagen wird immer belohnt."

Erich rückte unruhig auf dem Stuhl hin und her. Diese Wendung gefiel ihm nicht.

"Und was wäre dann anders?"

"Das is nich sehr klug gefragt."

Das Arbeitsbuch wippte nicht mehr. Dafür taxierte die Dame Erich, als müßte sie ihm einen neuen Anzug verpassen.

"Wenn sich einflußreiche Leute - und die sind nun mal in der Partei - wenn sich also einflußreiche Leute einsetzen, dann kann ich Sie mir bei Ihrer sprachlichen Begabung sogar als Rundfunksprecher vorstellen. Is doch bestimmt besser als Sandschaufeln? Denken Se mal darüber nach."

"Und das geht nur, wenn ich - "

"Is doch klar. Wir stellen doch auf maßgebende Posten keene Querulanten und ooch keene Drückeberger."

Sie reichte Arbeitsbuch und Verdienstbescheinigung über den Tisch und sagte in einem eindringlich, abschließenden Ton: "Wissen Se was? Überlegen Sie sich alles, und sagen Se mir in den nächsten Tagen bloß, ob Se die Schaufel oder das Parteibuch haben woll'n!"

Die Damenjacke, die am Türhaken hing, hatte das Parteiabzeichen.

Der Mai zeigte sich so, wie es von ihm erwartet wurde.

Die Luft war mild bis warm, und die leichten Federwolken am Himmel hatten mit Regen nichts im Sinn.

Der Hausberg der Görlitzer, die Landeskrone, sah auf seinem spiralenförmigen Aufstieg durch den Mischwald wieder mehr Ausflügler, und die Stadthalle richtete erste Tanzveranstaltungen im Freien aus.

Sogar das Quietschen der Straßenbahn in den Kurven schien wieder fröhlicher zu klingen.

Dem Städter war es egal, ob es der Landwirt lieber kül und naß gehabt hätte. Die da draußen in ihren landwirtschaftlichen Produktionsgemeinschaften würden das schon zurechtbiegen. Denn ob sich das Wetter günstig oder ungünstig gab, das Angebot auf dem Wochenmarkt war immer gleich, und immer kam alles schubweise, und immer wurde am Bedarf vorbei gehamstert.

Drei Zimmer unterm Dach mit Ausblick auf Straßenbahnhaltestelle und Brautwiesenplatz.

Was machte es schon, daß alle Zimmer nur von einem Gemeinschaftsflur zu erreichen waren, und daß die Tür zum Boden mit einer Decke verhangen werden mußte, damit es keine Zugluft gab?

Die wenigen Möbelstücke waren alt und kamen aus vielen Richtungen und von vielen Spendern. Da war ein ausziehbarer Spültisch schon der größte Luxus und ein alter Glasschrank ohne Glas die größte Freude.

Dabei war es gar nicht wichtig, wie viele Nägel krummgeschlagen werden mußten, bis alles an seinem Platz war.

Maria und Erich hatten ihr eigenes Reich.

Am Tag des Polterabends war es dann soweit.

Erich sollte nun endlich die zentrale Figur unter den Baikowski Kindern kennenlernen. Neben Maria, Elma und Gert gehörte er zur Abordnung, die den frischgebackenen Leutnant der Marine am Bahnhof in Empfang nehmen sollte.

Mama Baikowski, mit allerlei Vorbereitungen beschäftigt, war zu Haus geblieben. Ihre Aufregung ließ sie manche Dinge mehrmals tun, und wer sie ansprach, mußte damit rechnen, keine befriedigende Antwort zu erhalten, weil sie in dieser Situation keinen zusammenhängenden Satz hervorbrachte.

"Als Hugo damals zur Marine ging, konnte er nicht einmal schwimmen", wurde Elma auf dem Bahnsteig gesprächig. "Man hat ihn einfach ins Wasser geworfen."

Von Gert bekam sie dafür einen bösen Blick, denn es schien ein ungeschriebenes Gesetz zu sein, nie etwas Nachteiliges über den Seemann zu berichten.

Doch je mehr Glorie verbreitet wurde, um so mehr bekam Erich das Gefühl, daß er beim Ältesten noch um Marias Hand anhalten müßte.

Der Leutnant, der wenig später dem Zug aus Saßnitz entstieg, war klein, drahtig und grinste wie ein Schuljunge nach einem fröhlichen Ausflug.

"Mein Schwesterchen will also heiraten?" Dabei hob er Maria vom Boden hoch, wie es ein Vater mit seiner Tochter getan haben würde. "Ich wünsche dir nur, daß du es nie bereust!"

Dann ein forschender Blick auf Erich, so als hätte er ein U-Boot im Visier. "Na - sieht doch gut aus - dein Künftiger."

Trotz übergroßer Sehnsucht hing Mama Baikowski nicht am geöffneten Fenster, um dem Ankommenden entgegenzuschauen.

Jeder hatte feuchte Augen, und Hugo genoß es mit Stolz der absolute Mittelpunkt zu sein.

Seine Berichte und Erzählungen waren für die Familie eine Offenbarung, und nur als Gert einmal für kurze Zeit den Raum verließ, und es unmittelbar darauf im Hausflur schepperte, wurden alle daran erinnert, daß dieser Abend ja auch ein Polterabend sein sollte.

Nach den belegten Broten gab es Hochprozentiges, und Hugo schien den Beweis antreten zu wollen, daß Seeleute trinkfest sind.

Als Erich Sprachschwierigkeiten bekam, hielt der Leutnant wohlmeinend die Hand auf sein Glas, um ein Nachschenken zu verhindern. Doch da kam Unmut hoch.

"Ich weiß sehr wohl, - wann - wenn ich genug habe", lallte Erich. "Und außerdem - das möchte ich ins Gedächtnis rufen - nicht wahr - das ist mein - "

Er wollte Maria umarmen, die sich jedoch seinen ungeschickten Bewegungen naserümpfend entzog.

"Wie gesagt also - es ist unser - jawohl u n s e r Polterabend. Ist doch richtig? - Na dann Prost!"

Als Erich die Hälfte des Likörs am Mund vorbeischüttete, sah er nur noch riesengroße Gesichter auf sich zukommen. Dann schien er zu schweben.

Ob nun gutes oder schlechtes Omen - für Erich begann der Morgen des Hochzeitstages mit Katerstimmung. Und die hielt an, bis er sich in seinen geliehenen Frack gezwängt hatte und sich im Spiegel betrachtete. Etwas blaß aber fesch.

Viel Zeit, sich selbst zu bewundern, blieb ihm allerdings nicht, denn alle Gäste waren bereits im Haus, und alle wollten noch vor der Zeremonie auf dem Standesamt ein paar Worte mit der Braut oder dem Bräutigam wechseln.

Puppenhaft schön das Brautkleid, die Schöpfung der Schwester, und etwas puppenhaft auch die Bewegungen des Paares, denn nichts sollte verrutschen, nichts zerknittern, alles sollte noch korrekt sitzen, wenn man sich das Jawort geben würde.

Die blaßroten Tulpen bildeten einen erregenden Kontrast zum weißen Brautkleid und Marias schwarzen Haaren. Ihre glücklich leuchtenden Augen wirkten wie übergroße Diamanten.

Würdevoll und feierlich auch das Erscheinungsbild des Bräutigams, bei dem die weiße Fliege und die weißen Handschuhe den schwarzen Frack mit dem Zylinder umrahmten.

Mit etwas Verlegenheit erkannten nun auch Erichs Eltern die Ernsthaftigkeit im Vorgehen ihres Sohnes und waren gekommen, wenn auch Zweiweltlichkeit demonstrierend, wie das schwache Aufstöhnen der Mutter bei der Küchenhilfe: "Mein Gott! Die kennen ja nicht einmal einen Quirl!"

Zwar schwiegen die Glocken, da die Eheschließung am kirchlichen Segen vorbeige-
führt wurde, aber feierlich war es trotzdem.

Die Hochzeitskutsche, ein dunkler Zweispänner mit einem Kutscher in Livree, der
dienstbeflissen den Schlag öffnete und die Stufen herunterließ, hielt in der Durchfahrt
des Rathauses unmittelbar neben dem Aufgang zum Standesamt, in dem ein Streichquartett umrahmt von Blumenkübeln auf glanzpoliertem Holzfußboden das Paar erwartete.

Die Rede der Standesbeamtin enthielt allerlei Ratschläge und auch den Hinweis auf die
Verpflichtung gegenüber der sozialistischen Gesellschaft.

Nach dem Jawort glänzten die Asigo-Ringe, das Streichquartett spielte auf, der von allen erwartete Kuß wurde gefilmt, und das Paar genoß die Beachtung durch Passanten
auf der Freitreppe an der Justitia-Säule.

Auch beim Ent- und Besteigen der Kutsche vor dem Fotografen am Demianiplatz gab
es noch einmal ein Bad in der Menge, bevor alle wieder in der Neißstraße zusammen-
kamen.

Im leergeräumten Schlafzimmer der Baikowskis mußte ein Tapeziertisch als Verlänge-
rung der Tafel herhalten, an der sich dann alle als gewitzte Redner versuchten.

Einmal widersprach Erich einem dieser Reimer, der ihn als Sachse beschrieb. "Ich bin
ein Oberlausitzer und Schlesier - und das mit Stolz."

Neben der Freude, hier und jetzt der Mittelpunkt bei ihren Geschwistern zu sein, war
Marias Anspannung nicht ganz zu verbergen.

Schließlich würde sie in Zukunft hier nur noch Gast sein. Aber Elma und Gert blieben
ja weiterhin bei Mama.

Die Zeit der Jahrespläne und Sollerfüllungen war arm an Sensationen, und gab es mal
eine, fand sie auch Zulauf.

Ilse Ilona, eine junge, langhaarige Drahtseilkünstlerin mit aufgemalten Rippen am
schwarzen Trikot, lief mit einer Zigarrenschachtel durch die neugierige Menge am
Obermarkt, der nun Leninplatz hieß, um ein freiwilliges Eintrittsgeld für das zu kassieren, was sie hier vorführen wollte.

Von der Mitte des Platzes bis zu einem der oberen Fenster des Reichenbacher Turms
war ein Seil gespannt, auf dem sie mit einer Balancierstange nach oben laufen wollte.

"Für alle Reichtümer der Welt würde ich so etwas nicht tun!"

Gert sagte es ohne Empörung, eben nur als knappe Feststellung.

Eigentlich hatte er ja mit Erich seine frischgetraute Schwester von der Arbeit abholen
wollen, aber nun waren sie hier auf ein besonderes Schauspiel aufmerksam geworden
und wollten es sich nicht entgehen lassen.

"Maria hätte das sicher auch gern gesehen", stellte Erich fest.

Bis auf die Sicherheitszone unter dem Seil war der Platz voller Menschen, von denen längst nicht alle bezahlt hatten.

Die Balancierstange prüfend in den Händen machte Ilse Ilona ihren ersten Schritt auf dem Seil. Sie ging langsam und gleichmäßig, und erst in der Mitte der Strecke ein kurzes Zögern und ein stärkeres Wippen der Stange.

Die Menge rief: "Oh!" Und dan war nur noch das entfernte Quietschen der Straßenbahn zu hören.

Jeder schien sich jetzt vorzustellen, was wohl passieren würde, verlöre die Artistin die Balance. Im günstigsten Fall könnte sie mit den Händen das Seil noch ergreifen. Dann aber würde die schwere Balancierstange wie ein Geschoß nach unten sausen.

Vielleicht hatte man auch den Lichteinfall nicht bedacht, denn die Sonne stand schon über dem Kaisertrutz und mußte der einsamen Frau da oben direkt ins Gesicht scheinen.

Oder war alles nur ein Trick, umzusätzliche Spannung zu erzeugen?

Das Turmfenster stand offen. Die letzten Meter.

Zwei Hände streckten sich der Wagemutigen entgegen, packten sie an der Hüfte und hielten sie solange fest, bis die Stange in einer Halterung lag und die Artistin, auf dem Fenstersims sitzend, der Menge zuwinken konnte.

Beifall und das Bewußtsein etwas Einmaliges erlebt zu haben, und schon war wieder Alltag.

Nur Gerts Gedanken waren noch mit dem Geschehenen beschäftigt. In der Steinstraße blieb er plötzlich stehen und meinte: "So wie du - mich auf eine Bühne stellen, das könnte ich nicht."

Damit meinte er wohl im Hinblick auf das gerade Gesehene jede Art der Zurschaustellung.

"Allerdings", fuhr er fort, "irgend etwas Tolles tun, für das man bewundert wird und vielleicht auch Beifall bekommt, das muß schon ein überwältigendes Gefühl sein."

"Jeder träumt mal davon. Was ist eigentlich mit deinem Blockhaus? Es ist noch gar nicht lange her, da fandest du das eine tolle Sache."

Wäre Gert jetzt ein Stein vor die Füße gekommen, dann hätte er mit Sicherheit diesen geworfen, denn er brauchte das für seine Verlegenheitspausen.

"Ja, stimmt", lachte er verschmitzt, "das finde ich immer noch toll. Nur - da fehlt der Auftraggeber."

Als sie den Jakobstunnel erreichten, wollte Erich wissen: "Hast du noch keine Freundin?"

Diesmal kam die Antwort schneller. "Klar. Habe ich! Nur - "

Es schien ihm schon leid zu tun, so schnell reagiert zu haben.

"Was nur?" drängte Erich.

"Sie hat schon ein Kind."

"Also verheiratet?"

"Nein. Wo denkst du hin. Sie ist ledig."

"Bin ich der einzige, der es nun weiß? Soll es ein Geheimnis bleiben?"

"Mama weiß es noch nicht." Er sagte es trotzig, und doch war die Angst vor einer Respektperson herauszuhören.

"Böse Worte könnten alles kaputtmachen", sprach er aus, wovor er Angst hatte.

Der Eingang des Bekleidungswerks war erreicht. Eine Hauseinfahrt, an der nur ein Schild darauf hinwies, daß sich die Fertigungsgebäude auf dem Hinterhof befanden.

Gleich von zwei Männern empfangen zu werden quittierte Maria mit einem zufriedenen Lächeln, und Erich wurde abgefragt, ob der Abwasch erledigt und das Essen vorbereitet sei.

Gert schwieg und grinste nur.

Diesmal saß Erich im Handelshof einem Herrn gegenüber, dem es wenig imponierte, daß er vom Theater kam.

Da war auch keine Rede mehr davon, ihn als Kandidaten der Partei zu gewinnen und von den daraus resultierenden Vergünstigungen schon gar nicht.

Teilnahmslos und nüchtern, kaum Regung zeigend, sprach dieser Sachbearbeiter kein Wort mehr als notwendig. Er kramte einen Karteivermerk hervor und registrierte Erich als Bauarbeiter für die Kiesgrube in Weinhübel. Ein Schnelldurchgang.

Die Zeit der schwieligen Hände konnte also beginnen.

Eigentlich war er ja froh, dieser "Genossin" nicht mehr Rede und Antwort stehen zu müssen, denn wer weiß, - vielleicht hätte er sich noch breitschlagen lassen.

"Montag früh sechs Uhr beim Brigadier in der Kiesgrube melden!" rief der Sachbearbeiter noch hinterher.

"Aber - kommen Sie dort nicht in Schlips und Kragen! Ist mit Sicherheit unnötig!"

Es war mit der Aufregung vor einer Premiere zu vergleichen.

Erichs unruhiger Schlaf vor dem ersten Arbeitstag übertrug sich durch die Einbettnähe auch auf Maria, die ihn zu trösten versuchte.

"Die werden dir schon nicht den Kopf abreißen. Du bist doch schließlich ein Mann! Für andere Männer ist so eine Arbeit selbstverständlich. - Also schlaf jetzt!"

Ausgeschlafen war er nicht, als der Wecker klingelte.

Mein Gott! Proben im Theater hatten in der Regel nicht vor zehn Uhr begonnen, und diese frühe Welt sah so ganz anders aus.

"Du wirst nach dem ersten Tag ganz schön müde sein", stellte Maria nach einem hastigen Frühstück fest. "Aber das gibt sich mit der Zeit."

Sie hatte Spätschicht und war noch im Nachthemd.

In der Straßenbahn kam Erich der Gedanke, daß er vielleicht von Theaterbesuchern in seiner Arbeiterkluft erkannt werden könnte und stellte sich deshalb an das Ende der Bahn mit dem Rücken zum Einstieg.

Ihm fiel auf, daß viele dieser Maurer, Schlosser oder Hilfsarbeiter ziemlich lustlos ein- und ausstiegen. Verschlafen und mürrisch trugen sie überalterte, abgewetzte Aktentaschen, aus deren Seiten große Thermosflaschen herausschauten, die ebenfalls bessere Zeiten gesehen haben mußten.

Nach Feierabend waren die meisten dieser Arbeiter prahlende Gasthaushelden; doch jetzt am Morgen wortkarge, graue Mäuse.

Um nicht durch Gang und Haltung aufzufallen, versuchte Erich schon mal mit einer Hand in der Hosentasche zu laufen oder lässig über den Randstein des Bürgersteigs zu spucken.

Die Kiesgrube war eine steil abfallende Sandwand direkt am Rande eines kleinen Wäldchens mit einem Förderband und einer Baubude auf der unteren Sohle und einer Zufahrt für die Fahrzeuge.

Erich hatte die offene Tür dieser Bude noch nicht erreicht, als eine Schaufel herausgeflogen kam, hinter der dann ein Mann mit Vollbart, Latzhose und Gummistiefel ins Freie trat.

"Guten Morgen! Ich bin - "

"Weiß schon", wurde Erich vom Vollbart unterbrochen. "Du bist bereits auf meiner Liste drauf."

Eine kurze Musterung. "Du kommst nicht vom Bau?"

Erich war nahe daran, zu sagen, woher er kam, fand es dann aber doch nicht angebracht und meinte nur: "Ich habe noch nie am Bau gearbeitet."

"Hm." Der Blick des Vollbarts blieb nun an Erichs Schuhen haften. "Mit den Dingern wirst du keine Freude haben. Die sind in wenigen Minuten voll Sand. Ich bin übrigens hier der Brigadier, und du kannst Max zu mir sagen."

Bevor er wieder aus der Bude kam, in die er kurz verschwand, flogen ein Paar Gummistiefel nach draußen begleitet von der Aufforderung: "Probier sie! Dein Essenbeutel legst du in den Wagen!"

Während Erich auf der Stufe der Bude die Stiefel überzog, erschienen zwei junge Arbeiter, die vom Brigadier schlechtgelaunt empfangen wurden.

"Zum Feierabend könnt ihr sehr gut die Uhr lesen! Nur am Morgen stellt ihr euch dämlich! Jetzt reicht es mir! Heute wird euch eine halbe Stunde abgezogen!"

Unbeeindruckt langten die Verspäteten grußlos ihre Taschen über Erichs Schulter in den Wagen, und nur einer meinte ohne großes Interesse: "Der Neuling, was?"

Max stand wie ein Feldherr auf den Stiel seiner Schaufel gestützt und brummte: "Steht euch nicht gegenseitig im Weg! Einer muß hoch!"

Was damit gemeint war, bekam Erich gleich zu sehen, als sich einer der Arbeiter mit zwei langen Stangen bewaffnet schicksalsergeben auf den Weg zum oberen Gruben-rand machte.

Angekommen schrie er hinunter: "Wo?"

"Na hier am Ende des Bandes!" tobte, mit der Schaufel fuchtelnd, der Brigadier. "Sonst müßten wir ja die ganze Anlage versetzten oder viel zu weit schaufeln. Was soll die blöde Frage?"

Der so Zurechtgewiesene mußte halsbrecherisch nahe an die abbröckelnde Kante heran und stieß nun mit einer Stange in die überhängenden Sandablagerungen. Als die beabsichtigte Lawine nicht losgehen wollte, stieß er die zweite Stange zwei Meter wei-ter in die Sandmasse und konnte sich nur mit einem schnellen Satz rückwärts in Si-cherheit bringen, denn die ganze Wand zwischen den Stangen brach mit einem Getöse nach unten.

Mit den Stangen bespickt, wie ein riesiger Rollmops, lag nun der große Haufen am En-de des Förderbands.

Der, der diese Sandrutsche ausgelöst hatte, hing an einer Grasnarbe und konnte sich nur langsam auf festen Boden zu bewegen. Bevor er beim Abstieg aus dem Blickfeld verschwand, hörten die Untenstehenden ihn schreien: "Ich mache diese Scheiße nicht mehr! Ich bin Bauarbeiter und kein Artist!"

"Ja, ja", brummte Max, "das sagt der Quatschkopf doch jedes Mal." Und nach einem Blick auf seine Armbanduhr: "Ich denke, der erste Wagen wird gleich kommen. Du kannst dir schon mal eine Schaufel holen!"

Erich wußte, daß er damit gemeint war und ging in die Bude.

An den Wänden wahllos eingeschlagene Nägel und Haken mit Wetterkleidung behan-gen und Gerätschaften, die nur Eingeweihten erklärlich waren. In den Ecken Stemmei-sen, Ölkannen und grobe Seile, um den kleinen Tisch ein Hocker und zwei hochgestell-te Bierkästen als Sitzgelegenheit. Ein total verschmutzter Spirituskocher unter dem einzigen Fenster verriet, daß kalte Tage mit warmen Getränken bekämpft wurden, und ein hochgestellter Besen sollte den Willen zur Reinlichkeit dokumentieren. Doch ein festgetretener Sandteppich zeigte, daß es beim Willen geblieben war.

An der ersten Schaufel, die er fand, wackelte der Stiel und bei der zweiten war die Flä-che derart verbogen, daß sich bestimmt kein Sand mehr darauf gehalten hätte.

Froh, schließlich doch noch etwas Brauchbares gefunden zu haben, eilte Erich dienst-eifrig nach draußen.

Die ungewohnten Stiefel waren schuld daran, daß sein erster Schritt zur Arbeit zu einer unfreiwilligen Komikereinlage wurde. Und sie lachten laut und ungeniert, als Erich sei-nen Fall gerade noch mit der Schaufel abstützen konnte, denn er hatte die Stufe vergessen.

"Mach dir nichts draus! Wir sind alle schon mal auf die Schnauze gefallen."

Der erste Lastwagen fuhr rückwärts an das Förderband.

Max grüßte mit einem Handzeichen zum Fahrer, der sich teilnahmslos auf das Tritt-brett am Führerhaus setzte und schaltete das Band ein.

Ein wildes Drauflosschaufeln begann, und Erich hatte Mühe mit seiner vollen Schaufel dazwischen zu kommen und nicht mit dem Schwung der anderen zu kollidieren.

Laute Leerlaufgeräusche und eine zu langsame Bewegung des Bandes, das überlastet schien, ließen Max aufschreien: "Hört auf!" Und er entschied: "Wir lassen das erst mal durchlaufen."

Dann war für ihn Erich an der Reihe. "Also nicht wie ein wildgewordener Handfeger drauflosschaufeln! Das Band schön gleichmäßig belasten. Alles klar? Na dann weiter!"

Nach einer endlos scheinenden Rackerei war der Wagen gefüllt, das Band abgeschal-tet und Erich außer Puste.

Unter dem Bauwagen, mit einer Plane verhangen, standen volle Bierkästen, und Erich wurde in der Frühstückspause ermuntert, sich zu bedienen.

"Zahlen tut jeder am Ende der Woche."

"Aber - ich habe Kaffee mit."

"Kaffee? Du meinst Muckefuck. Krieg ich von meiner Alten auch immer mit. Wenn die wüßte, daß ich damit das Gras hier begieße."

Alle lachten sie über ihre Frauen, und Erich wollte nicht, daß sie vielleicht morgen schon über ihn lachen würden, und er nahm sich eine von den Flaschen. Nur so rülpsen wie seine Kollegen, das wollte er nicht.

Max bestimmte, wann Pause war, und Max bestimmte auch, wann wieder gearbeitet wurde. Ihn dann durch Erzählen immer neuer Witze von der Zeit abzulenken, das klappte nur selten und bei seiner derzeitigen üblen Laune schon gar nicht.

Er fand auch Arbeit, wenn mal kein Wagen zu beladen war, und so ging es gleich ans Ölen der Förderanlage.

"Wo schmierst du denn das Öl hin?" fragte Max entgeistert, nachdem er Erich eine Weile zugeschaut hatte.

"Hier! Diese kleinen Noppen am Lager mußt du aufmachen! In die großen Öffnungen kommt nur Fett. Hast du noch nie eine Maschine geölt?"

Erich überhörte die Frage und verschwand mit dem Oberkörper unter der Anlage, um sich nicht mehr auf die Finger sehen zu lassen.

Als der nächste Wagen vorfuhr, ging es ölverschmiert wieder ans Sandschaufeln.

Die Handflächen begannen zu brennen, der Schaufelstiel wurde immer heißer und die ersten Blasen sichtbar.

Der Ausruf "Feierabend" kam dann einer Erlösung gleich.

Als Hornhaut die Blasen verdrängte, und sein Griff an Stärke gewann, bestand für Erich Aussicht auch Schwielen zu bekommen, die er bei anderen Männern so bewunderte.

Es dauerte nicht lange, und er machte alle Späße seiner Kollegen mit. Da wurden glimmende Zigarettenstummel mit der Schaufel in die Luft geschleudert, um sich am Funkenflug zu ergötzen, die angetrunkene Bierflasche von Max mit Spiritus nachgefüllt, oder irgend jemand hatte plötzlich Maschinenfett im Stiefel.

Die ersten Wochen fiel Erich wie tot ins Bett und schlief auch sofort ein.

Maria lächelte überlegen. "Jetzt siehst du mal, wie das ist - richtige Männerarbeit! Nicht zu vergleichen mit deinem Auswendiglernen."

Trotz der versteckten Vorwürfe glaubte Erich auch Bewunderung herauszuhören.

Nur Gerlinde hatte ihre Zweifel, als sie Maria rundheraus fragte: "Glaubst du, daß es richtig war, aus Erich einen Hilfsarbeiter zu machen?"

"Du möchtest ihm doch nur einen Floh ins Ohr setzen. Siehst ihn irgendwo ganz oben. Das sind doch alberne Träumereien", widersetzte sich Maria.

Gerlinde hatte sich mit Erfolg gegen ein "Proletendasein" gewehrt, und sie glaubte in dem, was Erich tat, eine Erniedrigung zu sehen und konnte die Zufriedenheit ihrer Schwester nicht verstehen.

"Sie wird sich schon noch ändern", bekam Erich zugeflüstert.

"Arbeit schändet nicht!" war der knappe Kommentar von Mama Baikowski zu diesem Thema, und Maria sagte im stillen: "Basta!"

Die Dachrinnen waren kaputt, und das Wasser suchte sich seinen Weg zu den darunterliegenden Fenstern, die nicht mehr dicht abschlossen. Das hatte zur Folge, daß die breite Mauerkante neben jedem dieser Fenster in den Raum hinein schwarz und schwärzer wurde. Auch Trockenperioden konnten daran nichts mehr ändern.

Die Reste solcher Dachrinnen waren mit Flugsand zugeschüttet, und aus manchen wuchsen kleine Birken.

In einer dieser Wohnungen in der Fleischerstraße lebte Vera, Gerts heimliche Freundin mit ihrem Sohn Michael.

Rauchige Stimme, kleine Warze an der Wange und zwei Jahre älter als Gert war sie Baggerfahrerin auf einer Großbaustelle.

Sie konnte arbeiten wie ein Mann und trinken wie zwei Männer. Manchmal.

Der kleine Michael liebte Gert, als wäre er sein Vater, und Gert erwiderte diese Zuneigung.

Um dem ungezügelten Wasserlauf aus der kaputten Dachrinne ein Ende zu bereiten, montierte Gert ein altes Kuchenblech darunter und bekam Ärger mit den Anwohnern, die in regnerischen Nächten nicht mehr schlafen konnten, da die Trommelgeräusche auf das Blech lauter noch als Hagel klangen.

Klein-Michael konnte schlafen, und nur das war für Gert maßgebend. Zu allen Anfein-
dungen grinste er deshalb nur und dachte nicht im Traum daran, das Blech wieder zu
entfernen.

Alle Eingeweihten aber fragten sich, wann wohl Mama Baikowski von dem Verhältnis
ihres Sohnes etwas erfahren würde. Einige meinten, sie wüßte es schon und würde
ihrem Sohn nur die Chance geben wollen, es ihr selbst zu sagen.

Aber dann passierte etwas, womit niemand gerechnet hatte.

Gert verschlief seine Gesellenprüfung!

Wundern und Kopfschütteln, denn er hatte während der ganzen Ausbildung keinen einzigen Tag verschlafen.

Seine praktischen Arbeiten waren stets gelobt worden, weniger seine schulischen. Und
so muß wohl die Erkenntnis, in der Theorie zu versagen, ihn dazu veranlaßt haben,
seiner Mutter, von der er stets geweckt wurde, einen falschen Prüfungstermin mitzu-
teilen. Eine durchgefallene Prüfung hätte seinen Stolz verletzt; so aber konnte er sich
auf ein Mißgeschick berufen.

Der Sturz in die Welt der Ungelernten machte Gert noch verschlossener, aber der Mutter wollte er nun sein Verhältnis zu Vera nicht länger verheimlichen.

"Es wird Zeit, daß du sie mir endlich vorstellst."

Das war alles, was Mama Baikowski dazu sagte, und sie akzeptierte die Verschieden-
artigkeit ihrer Kinder.

Elma beispielsweise hatte keinerlei Ambitionen, kein wirkliches Ziel, und wurde sie nach
einem Steckenpferd gefragt, so antwortete sie mit Maria im Chor: "Rauchen und Tanzen!"

Und so war Maria auch nach ihrer Heirat von Elma leicht zu überreden, hin und wieder
ein Tanzlokal aufzusuchen.

Gert stritt derenthalben mit seiner jüngsten Schwester, doch Erich tolerierte diese Frei-
zeitbeschäftigung seiner Frau, hielt er doch selbst von dieser "Hopserei" gar nichts.

"Wer seine Frau allein wegläßt, der ist ein Dussel!" mußte er von seinen Arbeitskollegen
dazu hören.

Wesentlich argwöhnischer verfolgte Mama Baikowski diese genehmigten Ausgänge
ihrer Tochter und ließ ihren Unmut erst einmal an Elma aus.

"Die Arbeit wird dir immer gleichgültiger, aber dich nachts in den Kneipen herumtreiben,
da wirst du nicht müde."

Aber das war genau das Thema, bei dem Elma bockig werden konnte.

"Das sind keine Kneipen!" stellte sie richtig. Ging dabei aber vorsichtshalber doch etwas
aus der Reichweite der Mutter. "Du denkst, da wird nur gesoffen. Wir tanzen, Mama!
Nur das wollen wir. Außerdem finde ich, wenn ich nur zu Hause bin, nie einen passenden Freund."

"Dann verführe nicht ständig deine Schwester dazu! Sie hat einen Mann und braucht sich an einer Männersuche nicht zu beteiligen!"

Länger anhaltende Auseinandersetzungen mußten von ihr abrupt abgebrochen werden, um nicht hoffnungslos in ein luftringendes Stottern zu verfallen, bei dem ihr hochrotes Gesicht höchste Alarmstufe signalisierte.

Jeder wußte dann, daß nur schnelle Zurückhaltung Schlimmes verhindern konnte.

Elma schwieg also, froh sich nicht weiter rechtfertigen zu müssen.

Gert dagegen litt unter der zeitweiligen Sprachunfähigkeit seiner Mutter, und er war bemüht, ihr keinen Grund für einen solchen Zustand zu liefern.

Er beherrschte ja auch das Schweigen wie sonst keiner in der Familie.

Der Junge, der Maria beim Öffnen der Wohnungstür eine rotbraune Katze vor die Füße legte, verschwand schnell und wortlos.

Maria war zwar erstaunt über dieses unerwünschte Geschenk, aber sie verhielt sich doch dann so, als hätte sie diese Katze bestellt und schon lange darauf gewartet, hob sie auf, herzte sie, so als wäre es die erste lebende Puppe in ihrem Leben, gab ihr Milch und streichelte weiter, bis es der Katze zu viel wurde, und sie den ersten Kontrollgang durch die Wohnung unternahm.

Alles wurde beschnuppert und scheinbar für gut befunden, denn nach einem fragenden Blick zum neuen Frauchen legte sich das Tier leise schnurrend auf die Schmutzwäsche neben dem Waschbecken.

Ihr diesen Familienzuwachs auszureden, kam Erich erst gar nicht in den Sinn; wußte er doch von der Tierliebe seiner Frau und ihrer Fähigkeit, selbst bissige Hunde unter ihren Händen lammfromm werden zu lassen.

Er fragte lediglich: "Wie soll sie denn heißen?"

"Mohrle!" kam es ganz entschieden.

"Ist ja lächerlich! Du kannst doch dieses rotbraune Vieh da nicht Mohrle nennen!"

"Ich kann! Mir gefällt nämlich der Name."

Wenn sie es so sagte, dann blieb es auch dabei.

"Viel wichtiger, als an dem Namen herumzumäkeln, wäre, wenn du für ein Katzenklo sorgen würdest."

"Und wie?"

Maria, die gerade der Katze unter das Bett folgen wollte, war entrüstet. "Muß man dir denn alles umständlich erklären? Wir brauchen einen flachen Behälter und Sägespäne. Und wo du die herbekommst, kann dir Gert bestimmt sagen."

Ihr Kopf verschwand wieder unter dem Bett. Sie hatte einen Auftrag gegeben, und damit war das Thema für sie erledigt.

Gert wußte natürlich Abhilfe und bastelte aus zusammengesuchten Holzresten ein

Katzenklo.

Noch gab es Lebensmittelkarten und für Katzen keine Extras.

Mohrle bekam Essensreste und ab und zu mal einen Brathering oder etwas Hack-
fleisch. Ob er auf seinen Streifzügen auch Mäuse fing, blieb sein Geheimnis; zumindest brachte er nie welche als Beute mit in die Wohnung.

Wegen der großen Hitze unterm Dach blieben im Sommer die Fenster geöffnet, und
als Maria zum ersten Mal einen Dachsprung der Katze sah, schien ihr das Herz stillzu-
stehen.

"Kommst du zurück! Kommst du sofort zurück!"

Aber trotz weiten Hinauslehnens aus dem Fenster, verweigerte Mohrle diesmal den
Gehorsam. Das Tier sah eher herausfordernd zu seinem Frauchen zurück, so als
wollte es dieses ebenfalls auf das Dach locken.

"Eine Katze ist geschickt und wendig. Der passiert schon dort nichts", versuchte Erich
seine Frau zu beruhigen.

"Aber wir sind im vierten Stock!" protestierte sie.

"Ja schon. Aber Katzen sind schwindelfrei. Das weiß ich."

"Ja natürlich. Du weißt immer alles. Jedenfalls bildest du es dir ein."

Mohrle fand diesen Disput albern und langweilig und verschwand aus dem Blickfeld.

Maria beruhigte sich wieder, und die Katze bekam nun größere Freiheiten.

Dabei stellte sich die Straße als wesentlich gefährlicher heraus, denn hier gab es Kinder, die nach ihr warfen, und der Slalom durch hastende Menschenbeine war auch gar
nicht so einfach. Außerdem mußte Mohrle immer an der Haustür warten, bis zufällig
jemand raus- oder reinging.

Eine blöde Sache dieses Großstadtleben für eine Katze.

Als Mohrle dann doch von der Schrägseite des Daches in die Tiefe stürzte, glaubte
Maria außer dem Poltern der Dachschindeln noch ein klgendes Miauen gehört zu haben, und sie rannte auf die Straße, als müßte sie einer Feuersbrunst entkommen.

Erich fand dann seine Frau auf dem Gehsteig über ein rotbraunes Fell gebeugt, an dessen Rändern Blut hervorquoll.

Mit Tränen in den Augen rollte Maria das blutende Tier in ihre Küchenschürze und rannte los.

"Wo, um alles in der Welt, willst du hin?"

"Wo würdest du denn hingehen in so einer Lage?" fauchte Maria, ohne ihren Schritt zu
verlangsamen. "Wenn es nach dir ginge, würde Mohrle immer noch auf den Steinen
liegen, und du würdest zuschauen, bis er stirbt."

Als sie die Cottbuser Straße zur Hälfte zurückgelegt hatten, wußte nun auch Erich, daß
Maria in den Schlachthof wollte.

"Die inneren Verletzungen sind zu groß", stellte dort der Tierarzt fest. "Es ist besser,

das Tier von seinen Leiden zu erlösen."
Maria stand da mit blutiger Schürze und in totaler Niedergeschlagenheit als Verliererin eines Wettlaufs, und Erich mußte sie einfach nur in die Arme nehmen.
Diesmal ließ sie es geschehen.

Überhaupt schien Maria nach diesem schmerzlichen Abschied ein größeres Kuschelbedürfnis gehabt zu haben, denn mitten im Sommer gestand sie: "Ich bin schwanger!"
Für sie begannen Wechselbäder von Neugierde, Furcht und Ausgelassenheit von denen ihre verheirateten Schwestern meinten, das sei normal.

Kalk- und Farbgeruch lag in der Luft, als Erich am Feierabend die letzten Stufen zur Wohnung erklomm.
Die Küchentür stand offen und Maria, in Kopftuch und Schürze, kniete am Boden und schrubbte den Linoleumbelag.
"Was ist denn hier passiert?"
"Das siehst du doch", kam es nur kurz über ihre Schulter. Und den Schrubber in den Wassereimer tauchend: "Das ist eine Sauerei! Ich dachte, mich trifft der Schlag, als ich vor einer Stunde nach Hause kam."
"Aber - die hätten doch vorher etwas sagen können. Wie sind die denn überhaupt hier reingekommen?"
"Na wie wohl? Mit dem Zweitschlüssel vom Hauswirt natürlich. Aber wir müssen ja froh sein, daß die Handwerker überhaupt gekommen sind."
"Soll ich dir helfen?"
"Du? Dann wären wir morgen früh noch nicht fertig."
"Aber - das ist doch nicht gut für dich. Ich meine - in deinem Zustand."
Der Handschrubber fiel in den Eimer, daß es nur so spritzte. "Willst du mich von der Arbeit abhalten? Du tust ja gerade so, als stünde ich schon kurz vor der Geburt."
Die Farbe war am Fußboden so dick wie an den Wänden. Eine Ruckzuck-Arbeit ohne Vorsicht und Rücksichtnahme.

Kaum spürbar vollzog sich der Übergang vom Sommer zum Herbst, denn es blieb weiterhin warm.
Und wären da nicht die vielen Blätter gewesen, die der Wind vom Elisabethplatz bis in den Durchgang zur Fischmarkt Schule beförderte und die Gehsteige mit einem Teppich belegte, der selbst Nagelschuhe unhörbar machte, der Abschied des Sommers wäre gar nicht bemerkt worden.
Aber so mischten sich große Kastanienblätter mit den kleineren der Linde und erinnerten an die Vergänglichkeit der Zeit.

In regelmäßigen Abständen wurde nun auf baumbestandenen Plätzen und in den Parkanlagen das Laub gehäufelt und auf Lastwagen abgefahren.

Straßenkehrer mit weithin sichtbaren Streifenjacken, robusten Besen und übergroßen
Schubkarren hielten zudem noch die Straßen sauber. Immer am Rinnstein entlang, wohin jeder Anwohner seinen Dreck kehrte.

Härterer Schmutz wurde mit dem Besenstiel aufgelockert, und dabei passierte es
schon, daß sich ab und zu einer der Besenmänner bückte, um etwas Interessantes
aufzuheben. Irrtümer wurden zurückgeworfen, während echte Beutestücke nach kurzer Untersuchung in der Jackentasche verschwanden.

Als dann später die ersten Kehrmaschinen zum Einsatz kamen, war der Kampf der
Handarbeiter ums Überleben ebenso kurz wie hoffnungslos.

Aber so manche fortschrittliche Idee blieb hinter den Erwartungen zurück. Denn als
die Ersatzteile fehlten, ihre routierenden Besen und die Absaugvorrichtung schon nicht
mehr in Ordnung waren, fuhren diese Fahrzeuge trotzdem weiter durch die Straßen.
Sie hinterließen, weil funktionslos, lediglich zusammengeschobene, lange Schmutz-
würste, die der nächste Wind wieder gleichmäßig verteilte.

Überall fehlte in der Planwirtschaft notwendiges Material, und so begann auch das
Sterben der alten Häuser.

Alle Mittel flossen in Vorzeigeobjekte, und wer kümmerte sich da schon um eine vom
Krieg unzerstörte Großstadt im Grenzland?

Vergessen, verdrängt und ausgeklammert war die Stadt zum Schlafen verurteilt und
ihr Puls kaum noch wahrnehmbar.

Nur die russischen Soldaten, die ihre Quartiere in den dem Stadtpark vorgelagerten
Villen hatten, fühlten sich sichtbar wohl.

Die angestrebte Freundschaft und Verbrüderung schien in vielen spektakulären Auf-
tritten in der Öffentlichkeit ganz gut zu klappen, doch im Familienkreis und in den eigenen vier Wänden wurden derbere Formulierungen für die Besatzer gefunden.

Vera wollte endlich in die Familie der Baikowskis aufgenommen werden, und deshalb
verlangte sie von Gert kategorisch: "Du mußt mich deiner Mutter vorstellen!"

Mit einem Lächeln, bei dem ihre Warze an der Wange sich nach innen zog und wie ein
Grübchen aussah, versuchte sie diese Forderung etwas zu entschärfen.

Dazu der treuherzige Blick von Klein-Michael, so als wollte er fragen: "Hat Mutti nicht
recht?"

Als sich daraufhin Gert immer noch nicht äußerte, verlor sich Veras Lächeln.

"Verdammt noch mal! Alle wissen davon. Das ist nicht fair!"

"Wir brauchen ja nicht gleich sagen, daß wir heiraten wollen."

Von einem Kind hatte Mama Baikowski nichts gewußt. Und so saß sie auch einige Augenblicke stumm am Tisch und versuchte Falten aus der Wachstuchdecke zu streichen, die gar nicht vorhanden waren.

Dann glitt ihre Hand auf das Haar von Klein-Michael, der sich ihr neugierig genähert hatte.

"Du bist ein schönes Jungche!" Dabei nahm sie den Jungen auf den Schoß. "Ja, ein schönes Jungche bist du! Und der Onkel Gert möchte gern dein Vater werden."

Gert war blaß geworden. "Woher weißt du - ?"

Überlegenheit lag nun im Gesichtsausdruck der Mutter, als sie erst Vera und dann ihren Sohn musterte. "Ich sehe es euch an. Das ist für eine Mutter nicht so schwer."

Ein aufmunternder Blick zu Gert, der schweigsam blieb. "Wenn du dieses junge Mädchen - also - wenn du diese junge Frau wirklich in dein Herz geschlossen hast, dann wird dich niemand davon abbringen können. Auch ich nicht."

Vera und Gert wechselten zufriedene Blicke, und die anfängliche Verlegenheit war gewichen.

"Nun hoffe ich", strich Mama Baikowski schon wieder die Wachstuchdecke glatt, "daß Michael mit seiner Mutter in Zukunft nicht mehr hier an der Neißstraße vorbeiläuft. Ich fresse niemand. Und kleine Kinder schon gar nicht."

"Möchtest du aus deinem Tippel trinken?"

Erich war bei seiner Mutter vorbeigekommen und wollte nur auf einen Kaffee bleiben.

Sie setzte den braunen Steingutbecher vor ihren Sohn und meinte: "Aus dem hast du immer getrunken. Aber nur wegen einem Kaffee bist du doch nicht hier. Bedrückt dich etwas?"

"Sag mal", versuchte Erich abzulenken, "warum hast du jetzt in meinem kleinen, ehemaligen Zimmer lauter Einweckgläser?"

"Weil es gut ist, einen kleinen Vorrat zu haben. Aber - du hast meine Frage noch nicht beantwortet."

Die Mutter, klein und quirlig, eine Frau, der nichts schnell genug gehen konnte, wurde unruhig, als eine Antwort ausblieb.

"Es hat bei euch keine Veränderung gegeben, seit ich hier weg bin. Ich glaube, ich würde jetzt noch alles mit geschlossenen Augen finden."

"Um mir das zu sagen, bist du hier?"

Erich beugte sich am Tisch vor und versuchte die starke Brille der Mutter zu durchdringen.

"Warum kannst du eigentlich mit den Baikowskis nicht so recht warm werden?"

"Das bildest du dir doch nur ein. Wie kommst du denn darauf?"

"Na weil du meine Schwiegermutter nie besuchst. Hast du etwas gegen sie?"

"Du spinnst, mein Junge! Diese Leute kommen sicher aus einer Welt in Ostpreußen, die sich von der unseren unterscheidet. Aber ich könnte ebenso fragen, warum besucht sie mich nicht?"

"Weil für sie der Weg von der Neißstraße bis zur Landeskronstraße beschwerlich ist."

"Hat sie sich bei dir beklagt?"

"Nein. Aber geh doch trotzdem mal vorbei."

"Wir werden sehen." Das war ausweichend, aber Erich wußte, daß weiteres Drängen nichts bringen würde, und er wechselte das Thema.

"Ich wollte zur Transportpolizei, aber das wird nichts. Man hat mir gesagt, dann könnte ich mich gleich bei der Volksarmee melden."

"Und was wirst du jetzt tun?"

"Ich muß mich mal umschauen. Die Kiesgrube ist auf Dauer doch sehr eintönig."

"Dein Vater und ich, wir haben uns über deine Entscheidung sehr gewundert. Was sagt Maria dazu?"

"Maria ist in Ordnung. Sie steht mit ihren Beinen fester auf der Erde als ich. Eigentlich war ich ein Träumer und wäre es zeitlebens geblieben."

"Aber dir haben doch deine Träume gefallen. Oder etwa nicht?"

"Mutter! Ein angehender Familienvater und ein Träumer!"

"Ja glaubst du, daß Familienväter keine Träume haben?"

"Dann doch wohl solche, die sich verwirklichen lassen. Ich brauche neue Ziele. Was mich dabei beunruhigt ist, daß alle Ziele so beweglich sind. Und ich werde mit dem Zwang nicht fertig, der Bekenntnisse abverlangt und mich in eine bestimmte Reihe stellen möchte. Es gibt verlockende Ziele für Jasager, die jedem Zweifler entzogen werden. Ich vermisse die freie Willensentscheidung."

Es entstand eine Pause, in der die Mutter ihre Tasse umklammerte, so als läge die Antwort da drin.

"Du machst es dir schwer, weil du dich zu sehr mit allen möglichen Gedanken herumschlägst. Es ist nicht besonders ratsam, sich als Adler zu fühlen, der einsam fliegt. Du wirst sehen, du brauchst auch die anderen."

Gespräche dieser Art waren selten, und es wäre im Beisein des Vaters sicher anders verlaufen, denn der hatte den Theaterfimmel seines Sohnes nie verstanden und schien nun ein wenig schadenfroh zu sein.

Als Erich seine Mutter verließ, blieb er noch einen Augenblick am Flurfenster stehen und sah in den darunterliegenden Hof.

Der Schuppen des Hauswirts, der sich an eine moosbewachsene Mauer lehnte, ließ nur wenig Freiplatz für die Mieter. Aber die verrostete Teppichstange wurde sowieso nicht mehr benutzt, denn wer hatte heute noch Teppiche, die des Ausklopfens wert gewesen wären?

Nein, der Hof war zu eng, und Erich hatte dort nie gespielt.

Er sah in die Nachbarhöfe, von denen die meisten größer waren. Aus jedem dieser Höfe stiegen andere Gerüche nach oben, da sie alle verschieden genutzt wurden. Mancher hatte einen Abgang zu einem Waschhaus, und in manchem lagerten Dinge, die mit einem Handwerk zu tun hatten.

Da Rolläden und Jalousien fehlten, und Gardinen nicht immer das ganze Fenster bedeckten, war es möglich, den Mietern in die Wohnung zu sehen und bei Dunkelheit auszumachen, wer gerade einen Drang verspürte, da die Aborte auf halber Etage lagen. Viele ältere Leute hatten ihre Kissen am Fenster und beobachteten ständig die Szenerie.

Erich kam in Versuchung, wie in alten Zeiten, auf dem Bauch das Treppengeländer hinunter zu rutschen, und er wurde erst jetzt darauf aufmerksam, daß auch in diesem Haus das Öffnen und Schließen der schweren Haustür einen Knall verursachte.

Früher war ihm das nie aufgefallen.

Überall klagende Hohlkörper, in denen einfach keine neue Zeit einziehen wollte.

BEWEGLICHE ZIELE

Ein kleiner Junge stieß eine leere Blechbüchse vor sich her, die er als Fußball benutzte und immer wieder von der Straße auf den Gehweg beförderte.

Er hatte sie vorher irgendwo am Rinnstein des Mittelplatzes entdeckt und trieb sie nun mit starken Tritten die Luisenstraße abwärts.

Er trug noch kurze Hosen, obwohl dieser Oktobertag schon ziemlich kühl war.

Autos kamen hier nur selten vorbei, und so konnte er die Fahrbahn in sein Spiel mit einbeziehen.

Das Scheppern und Getöse, der auf dem Steinpflaster traktierten Büchse, wurde plötzlich vom Motorenlärm eines Lastwagens übertönt, der rückwärts aus der Einfahrt der Firma Seibt und Wiesner kam.

Er hatte einen riesigen Motor geladen, und der Fahrer mußte vorsichtig manövrieren, da Wagen und Ladung fast die ganze Hofeinfahrt ausfüllte.

Durch ein Werkstattfenster konnte Erich diesen Vorgang genau beobachten, denn er saß hier an einer Werkbank und kratzte schwarze Isolierschichten von Kupferdrähten, die zu den begehrtesten Buntmetallen gehörten und immer wieder verwendet werden mußten.

Obwohl er von Elektrotechnik keine Ahnung hatte, wurde er als Hilfselektriker geführt. Ein kleines Privatunternehmen, das sich auf das Reparieren von Motoren spezialisiert hatte und sogar regelmäßig Aufträge von Volkseigenen Betrieben bekam.

Der Mangel an Ersatzteilen verpflichtete zum Improvisieren, und so kam es, daß Maschinen, die eigentlich hätten verschrottet werden müssen, immer wieder instandgesetzt wurden.

Erfinderisch sein und schnell reagieren, das war die Chance zum Überleben für den kleinen Privatbetrieb.

Jede Landwirtschaftliche Produktionsgenossenschaft und jeder Braunkohlebetrieb wartete mit Ungeduld auf jeden wieder einsatzfähigen Motor, um vorgegebene Sollzeiten auch einhalten zu können.

Auch Erich mußte unter Anleitung von Fachkräften mithelfen, wenn Not am Manne war, irgendeinen Motor in irgendeinem Betrieb zu montieren. Und gab es keinen Flaschenzug, dann mußten unter Bretter gelegte Eisenrollen so einen Koloß bewegen.

Damit für die nächste Ankerwicklung genügend Drähte vorhanden waren, hieß es für Erich jedoch erst einmal "Kabelkratzen".

Der feine Kupferstaub setzte sich überall fest, und selbst die Zigarette schmeckte unangenehm süß.

Der Wagen blockierte immer noch die Einfahrt, weil der obere Teil des Motors an die Decke stieß. Der Fahrer lenkte schließlich die Ladung vorsichtig in den Hof zurück.

"Wir sind doch reingekommen mit dem Scheißding", schimpfte er laut. "Das verstehe
ich nicht."

Ein langes Palaver mit dem Chef führte dann zu dem Ergebnis, daß statt der dicken
Bohlen nur dünne Bretter als Unterlage genommen werden sollten.

Aber Erichs Gedanken waren schon beim Feierabend, und der galt in einem Privatbetrieb als pünktlich und geregelt. Da gab es keine freiwilligen Aufbauschichten und auch
keine Mehrarbeit, wie es in den Volkseigenen Betrieben immer mehr in Mode kam.

Während im Hof Bretter übereinander schlugen und Flüche zu hören waren, befreite
sich Erich vom Kupferstaub und machte sich auf den Heimweg.

Er war in fröhlicher Stimmung und ertappte sich bei dem Gedanken, die nächste
Büchse, die er im Rinnstein finden würde, ebenfalls als Fußball zu benutzen.

Im Frühjahr würde er Vater werden! Und Marias Überzeugung, es müßte ein Mädchen
werden, verblüffte sogar Mama Baikowski, die bei ihren Kindern nie ein Gespür dafür
gehabt hatte.

Der erste Schnee im November blieb selten liegen, und auch diesmal war das so.

Die von der Kanalisation angewärmte Straßendecke sorgte zumindest innerhalb der
Stadt dafür, daß sich der Flockenzauber in einen glitschigen Matsch verwandelte, der
sich mit dem Dreck der Straße vermischte und als braune Brühe den Gullys zustrebte.

Mit niederem Schuhwerk trockenen Fußes über einige Meter voranzukommen war so
nicht möglich. Hosenbeine und Mäntel wurden bis zum Gesäß vollgespritzt, und die
Straßenbahnschienen waren nur als Wasserrinnen zu erkennen.

Lediglich die Landeskrone hatte ein weißes Kleid und schien es behalten zu wollen.

Doch die Kinder, die sich mit ihren Schlitten hoffnungsvoll auf den Weg nach Biesnitz
machten, wurden bitter enttäuscht, denn der Pappschnee hing nur an den Bäumen und
war am Boden für ihr Vorhaben nicht zu gebrauchen.

Der Rückzug in die Stadt war für sie Schwerarbeit, weil die Kufen immer wieder über
unbedeckten Steinboden "ratschten".

Aber Kinder wurden schnell mit Enttäuschungen fertig, weil sie immer beschäftigt waren, sich immer neue Beschäftigungen suchten und auch fanden.

Für die Erwachsenen gab es zwar betrieblich organisiertes Freizeitvergnügen, doch in
der Mehrzahl bestimmte Arbeit, Kneipe und häusliches Zusammenraufen den Alltag.

Die Niederschlagung des Aufstands von 1953 hatte eben doch allmählich zu einer
Schicksalsergebenheit geführt.

Und so wurde die Pflicht, eventuellen Besuch aus dem Westen der Hausgemeinschaft
zu melden, schon nicht mehr als Bespitzelung empfunden.

Nur die Jahreszeiten ließen sich noch nicht von "oben" dirigieren, und so wäre es auch
bei einer anderen Staatsform Winter geworden.

Wer spät dran war, der bekam auch jetzt noch seine Kohlen vor das Haus geschüttet. Nur mußte er sich in jedem Fall beeilen, den Haufen schnell abzutragen, bevor ihn Passanten verkleinerten.

Kleine Haushalte und Rentner zuckelten mit einem Leiterwagen zur nächsten Hinterhof-Kohlehandlung und beluden diesen mit Kohleeiern, Briketts und einem Bündel Kleinholz.

Kein Wintermorgen ohne Räucherstimmung vor dem Ofen.

Maria gelang es eigentlich immer recht schnell mit zwei oder drei Holzscheite in Zeitungspapier gewickelt dem Ofen die gewünschte Wärme zu entlocken. Dann glühten nach kurzer Zeit schon die Ofenringe, und jeder Tropfen Wasser verdampfte in einem wohligen Zischen.

Nur an diesem Sonntagmorgen wollte es nicht klappen.

Erich lag noch im Bett, aber er konnte durch die offene Stubentür seine Frau im Nachthemd vor dem Herd kauern sehen.

Als sie schimpfte, fragte er: "Was hast du?"

"Ich bekomme kein Feuer! D a s habe ich." Dabei zog sie verärgert und nervös am Schüttelrost und rief: "Der Ofen bekommt keinen Zug, weil der Aschenkasten bis oben hin voll ist! Du mußt ihn runterschaffen!"

Gegen diese Aufforderung war nicht anzukommen. Also hinein in die eiskalten Hausschuhe, schnell Hose und Hemd übergezogen und mit dem randvollen Aschekasten in den Hof zum Mülleimer.

Es hätte ja auch schlimmer kommen können, dachte Erich. Wäre zum Beispiel das Abzugsrohr verstopft gewesen, dann hätte er jetzt mit diesem vier Stockwerke nach unten in den Hof balancieren müssen, um es über der Mülltonne auszukehren.

Als er fröstelnd wieder nach oben kam, brummte Maria: "Warum muß ich eigentlich immer auf alles Obacht geben? Du müßtest doch auch sehen, ob der Kasten voll ist."

Der erste Topf heißen Wassers wurde aufgeteilt. Für Erich zum Rasieren und für Maria zum Waschen. Erich konnte und wollte sich früh eiskalt waschen, Maria konnte und wollte das nicht.

Erst der zweite Topf war für Kaffee - richtigen Kaffee, den sie sich nur am Sonntag leisteten.

Als Erich nach dem Frühstück wieder im Schlafzimmer verschwand, wurde er von seiner Frau gemahnt: "Du brauchst dich nicht erst wieder hinlegen. Mama erwartet uns heute zum Essen."

"Königsberger Klopse?"

"Ja, Klopse. Keine Klunkersuppe."

"Ach, ich liebe Ostpreußen!"

"Warum lügst du eigentlich so?"

In den Königsberger Klopsen von Mama waren, wie es sich gehörte, Kapern, und niemand wußte, woher sie diese eingelegten Blüten bezog.

Erich war voll des Lobes und Mama Baikowski etwas verlegen.

"Ich weiß nicht", ließ Maria mit einem Seitenblick auf ihren Mann dann hören, "warum du dich als Feinschmecker aufspielst. Schmecken dir m e i n e Klopse nicht?"

"O ja! Doch!" beeilte sich Erich zu beteuern. "Die schmecken ebenfalls wunderbar! Nur scheint mir das mit den Kapern etwas ganz Besonderes."

Mama seufzte schwach, so als hätte sie ein schlechtes Gewissen, daß ihr Essen ein Gegenstand des Streits geworden war.

"Du mußt Kapern in die Klopse tun", raunte sie später ihrer Tochter zu, die sich wenig einsichtig zeigte und behauptete: "Es geht auch ohne!"

Es wurde beschlossen, nach der Mahlzeit einen gemeinsamen Spaziergang zu machen. Böse Blicke von Mama, als Elma zu lange auf ihrem Teller herumkratzte.

"He! Ich kann doch nicht dafür, daß ich länger brauche. Ich muß ja auch die ganze Woche hart arbeiten."

"Das müssen wir alle!" Damit zog Mama ihr den Teller weg, und es konnte losgehen.

Endlich im schwarzen Mantel, der nur zu besonderen Anlässen getragen wurde, vor der Haustür, fiel Mama ein, daß sie ihre Handtasche vergessen hatte.

"Wozu denn jetzt eine Tasche? Du brauchst sie doch gar nicht", kam es verärgert von Elma, die genau wußte, daß sie als die Jüngste wieder nach oben mußte, um dieses, wie sie meinte, überflüssige Ding zu holen.

Aber dieses "Ding" war ein Geschenk des ältesten Sohnes, und es war Mamas Stolz.

Nachdem Elma durch ein lautes Zuschlagen der Tür ihren Unmut bekundet hatte, und Mama im Besitz ihrer Tasche war, konnte der Spaziergang beginnen.

Im Stadtpark kam ihnen eine Gruppe Junger Pioniere entgegen, und sie waren gezwungen im Gänsemarsch zu laufen, um nicht von der übermütigen Jugend überrannt zu werden.

"Blöde Hammelherde!" wetterte Elma, als die Gruppe vorbei war, und diese sie nicht mehr hören konnte.

"Du hast ein verdammt vorlautes Maul!" wurde sie zurechtgewiesen.

"Es ist aber trotzdem wahr. - Außerdem habe ich kalte Füße."

"Warum gehst du aber auch im Winter in so dünnen Halbschuhen?"

"Meine anderen Schuhe sind kaputt."

Das waren sie ständig. Und weil es jeder wußte, bekam sie darauf auch keine Antwort.

Aber weil Elma weiter über kalte Füße klagte, entschloß man sich am großen Findling im Park zur Umkehr.

Zähnefletschend und knurrend lauerte dort ein großer Mischlingshund, auf den Maria sofort zuging.

"Laß doch das blöde Vieh in Ruhe!" warnte Elma ihre Schwester vergeblich, denn die hatte den Hund schon bei den Ohren gepackt und schüttelte seinen Kopf hin und her, als wäre er nur ein Stofftier.

"Was schimpfst du denn so?" sprach sie mit ihm. "Es tut dir doch niemand etwas. Ja, ja. Bist ein feines Hundel."

Schon beim ersten Streicheln leckte der Hund ihre freie Hand.

"Warum kommt ihr nicht näher? Er tut nichts."

In Marias Augen war die Seligkeit zu lesen, wieder mal ein Tier gezähmt zu haben und Mama, die diese Leidenschaft ihrer Tochter kannte, und immer befürchtet hatte, daß sie mal ein Tier mit nach Hause bringen würde, entschied: "Wenn der Hund ein Halsband hat, dann hat er auch ein Herrchen. Laß ihn also laufen!"

Sie tat es ungern, denn für sie war es die Macht über eine Kreatur.

Erich hatte es vorausgesehen, und Marias Hartnäckigkeit war wieder einmal stärker. Diese Rottanne mußte es sein! Entdeckt auf dem Elisabethplatz, obwohl der Kohlenhändler in der Löbauer Straße auch welche hatte und wesentlich näher war.

"Ich nehme kein ausgesuchtes Zeug", hatte sie gesagt, und Erich hielt ihr entgegen: "Das ist ein viel zu großer Baum für einen viel zu kleinen Ständer."

Erich trug das Monstrum quer durch die Stadt.

"Der ist zu groß!"

"Ich möchte wissen, ob andere Männer auch so jammern und sich keinen Rat wissen."

"Weiß ich nicht", kam es eingeschnappt. "Ich sehe nur, daß wir die einzigen sind, die für den Transport den ganzen Gehsteig brauchen."

Maria lachte. "Komm", meinte sie versöhnlich, "wir tragen das Ding jetzt in den Flur, du sägst den unteren Teil ab, und dann haben wir auch gleich paar Zweige zum Schmükken."

"Sägen? Mit was? Wir haben nur eine Laubsäge."

"Laubsäge! - Mußt du nicht selber über den Quatsch lachen?"

Maria ließ Erich stehen und klingelte ein Stockwerk tiefer.

"Da!" triumphierte sie, als sie mit einem Fuchsschwanz zurückkam. "Du siehst immer Schwierigkeiten, wo es gar keine gibt."

Erich bekam noch seine Anweisung, an welcher Stelle er zu sägen hatte, und während er das tat, brummte er: "So ein Aufwand! Wo wir doch allein sind."

"Nimm es als Übung, denn nächstes Weihnachten sind wir nicht mehr allein."

Die letzten Gaslampen wurden entfernt.

Görlitz bei Nacht, das war zumindest ab der mitternächtlichen Stunde eine ausgestorbene Stadt, in deren Altstadt-Straßen ein Nachtwächter nicht verwundert hätte.

Die Tritte einzelner, weniger Passanten klangen hohl wie in einem Gewölbe. Stöckelschuhe der Frauen oder die eisenverstärkten Absätze der Männer waren weithin hörbar.

Wenn Kinos und das Theater ihre Gäste entließen, und später auch die Gastwirte den zähesten Trinker an die frische Luft gesetzt hatten, zog die Einsamkeit durch die Straßen.

Der Bahnhof blieb zwar geöffnet, war aber wegen der ständigen Fahrkartenkontrollen der Bahnpolizei als Tummelplatz für Herumtreiber ungeeignet.

Die Bedingungslosigkeit der dunklen Stunden war in den langen Winternächten besonders deutlich.

Schnee brachte zwar etwas Helligkeit, aber das machte sich nur auf Plätzen oder breiten Straßen bemerkbar. In den schmalen Gassen wurde die weiße Pracht zu schmutzigen, grauen Haufen zusammengeschoben, die kein Licht mehr reflektierten.

Abgeschlossene Häuser ohne Türglocke waren über Nacht ohne Schlüssel uneinnehmbar.

Das mußte auch Erich erfahren, als er kurz nach Mitternacht vor der Neißstraße 3 stand.

Trotz Rathausnähe ein Weltende. Hinter keinem der Fenster des Hauses war ein Licht zu sehen, und mit Rufen, Pfeifen oder Türrütteln die wahrscheinlich schlafenden Baikowskis zu wecken, hätte Aufsehen in der ganzen Straße erregt. Und das Warten auf einen eventuellen späten Heimkehrer, mit dem er das Haus hätte betreten können, war wenig erfolgversprechend.

Das Weihnachtsfest war doch trotz manchem Improvisierens ganz harmonisch verlaufen, und er konnte nicht verstehen, warum Maria nun plötzlich bei ihrer Mutter schlafen mußte.

Na schön, sie hatten bei der Enge und der Baumnähe mehrmals Nadeln im Bett gehabt, und Erich hatte seiner Frau nur etwas für den Haushalt schenken können, weil es für mehr nicht gereicht hatte. Aber das war doch alles kein ausreichender Grund für diesen plötzlichen Eigensinn.

Wütend schob Erich den Kragen seiner Jacke hoch, denn ihm war kalt, und er stand unschlüssig an der Bordsteinkante.

Er fand es widersinnig, daß die wenigen Zentimeter einer alten Tür ausreichten, um ihn von seiner Frau zu trennen.

Die Gestalt, die vom Schöhof her auf ihn zukam, erkannte er erst, als sie vor ihm stand. "Na?" meinte Gert, der seine Hände in den Hosentaschen wärmte. "Sieht so aus, als wären wir beide ausgesperrt. Ich komme auch bei Vera nicht ins Haus. Aber ich weiß, wo wir trotz Sperrstunde noch einen auf die Lampe gießen könnten."

Diese Ausdrucksweise seines Schwagers war ihm neu.

"Also? Was ist?" drängte Gert. "Den Rest der Nacht kann ich ja dann bei dir verbringen."

Irgendwo in der Nähe der Peterstraße klopfte Gert an ein noch beleuchtetes Parterrefenster, worauf sie von einem übernächtigt aussehenden jungen Mann in ein spärlich ausgestattetes Zimmer geführt wurden.

"Komm rein, Kumpel!"

Ein altes Bierfaß mit einem Brett als Tisch darüber stand da inmitten allerlei Gerümpel. Von der Decke hing eine Glühbirne ohne Lampenschirm, deren Licht sich durch abgestandenen Rauch kämpfte.

"Du hast doch für meinen Schwager auch noch einen Schluck? Man hat uns nämlich beide ausgesperrt." Und zu Erich, der noch unschlüssig an der Tür stand und durch die Rauchschwaden eine Orientierung suchte: "Das ist ein Arbeitskollege von mir. Der hat einen heimlichen Ausschank für ausgesperrte Streuner. Stimmts?"

Der Angesprochene zog aus einer Ecke einen Klappstuhl an die improvisierte Theke und meinte: "Ihr habt die Wahl zwischen Bier und Korn. Was darf es sein?"

"Eins schließt ja wohl das andere nicht aus."

Der Sonntag hatte längst begonnen, und sie lümmelten immer noch an diesem Brett und rauchten und tranken Bier mit Korn.

"Wie wäre es mit einem Lied?"

"Quatsch!"

"Wieso Quatsch?" empörte sich der Gastgeber. "Über uns wohnt niemand. Das Haus steht fast leer. Wen stören wir denn?"

Sie sangen, was ihnen in den Sinn kam. Melodie konnte keine gehalten werden, der Text kam nicht flüssig, und alles blieb in schlecht gegrölten Anfängen stecken, die immer leiser wurden, bis man an einen Ab- und Aufbruch dachte.

Eine Verabschiedung erübrigte sich, da der Gastgeber bereits bewegungsunfähig in einer Ecke lag und nur noch merkwürdig die Augen verdrehte.

"He!" versuchte Gert ihn aufzurütteln. "Du mußt hinter uns die Haustür abschließen!"

"Haut - haut sie einfach zu!"

An der frischen Luft bekamen beide das Gefühl, die Straßen würden alle steil aufwärts oder steil abwärts führen. Während sich Erich an der Mauer festhielt, versuchte Gert freistehend sein Gleichgewicht zu halten.

"Müssen wir - also - müssen wir jetzt links - oder müssen wir vielleicht - "

Gert hielt mit kleinen Schritten die Richtung, die er gerade eingeschlagen hatte.

"Warte doch! - Diese blöde Wand läßt mich nicht los!"

Mit dem Instinkt von Nachtwandlern schafften sie dann aber doch den Weg durch die Theaterpassage bis zur Muschelminna auf dem Postplatz.

Vor der niederen Umrandung des im Winter abgestellten Springbrunnens kam für beide das befreiende Erbrechen.

"Bist du sicher, daß es Korn war, was uns dein Kollege da gegeben hatte?"

"Was sonst?" Gert sah zur steinernen Figur hinauf, als wollte er sich für die gräßliche Ablage zu ihren Füßen entschuldigen und kam durch das Aufschauen wieder aus dem Gleichgewicht.

"Wenn es nach dem fürchterlichen Geschmack in meinem Mund geht, dann muß es Treibstoff oder Kartoffelschnaps gewesen sein. - Soll ich dir was sagen? Wir stinken!"

Gert hielt beim Ausatmen die Hand vor die Nase und meinte: "Stimmt!"

Er stolperte über die Absperrung und kicherte unvermittelt. "Weißt du, was komisch ist? Nein? Dann sage ich es dir. Du hast Angst vor deiner Frau! Meine kleine Schwester hat die Hosen an! - Nicht zu fassen!"

"Du meinst", dehnte Erich seine Worte, um ihnen Wichtigkeit zu geben, "ich würde den Heimweg absichtlich verzögern, um wieder einigermaßen nüchtern zu werden?"

Ohne eine Antwort abzuwarten, begann er, um Mut und Trotz bemüht, laut zu singen. Gert stimmte mit ein, und sie grölten auf dem Rest des Heimwegs zur Freude aller Schlafenden das, was sie vorher schon vergeblich geprobt hatten.

Als Erich Stunden später erwachte, kitzelte ihn etwas an der Nase, und er blickte auf ein Paar derber Wollsocken, die sein Gesicht berührten. Unmittelbar über diesen Socken das empörte Gesicht seiner Frau.

"Ihr seid ja total betrunken!"

Viel lieber hätte Erich die Augen wieder geschlossen und sich schlafend gestellt. Aber Marias Anwesenheit hatte für ihn etwas Unerbittliches, etwas, dem er nicht ausweichen konnte.

Aufrichtend erkannte er zunächst, daß in den Socken, die ihn geweckt hatten, Gerts Füße steckten, denn der lag verkehrt im gleichen Bett und schlief noch.

Maria flüsterte, um ihren Bruder nicht zu wecken: "Hast du Gert zum Saufen verführt?"

"Wie kommst du darauf?" Erich rempelte dabei an Gerts Füße, in der Hoffnung, ihn in dieses unangenehme Gespräch mit einbeziehen zu können, doch der rührte sich nicht.

"Ich will dir sagen, wie ich darauf komme!" Ihr Flüstern war nun ein böses Zischen. "Ich habe meinen Bruder noch nie so gesehen! Wo habt ihr euch eigentlich herumgetrieben? Dich kann man doch nicht allein lassen."

Sichtlich angewidert erhob sie sich. "Ich würde mich an deiner Stelle einmal im Spiegel betrachten!"

Ihre abschließende Feststellung klang traurig, so als wäre soeben die gesamte Wohnungseinrichtung vernichtet worden. "Wie kann man sich nur s o gehenlassen!"

Als die Tür ins Schloß fiel, verschwanden die Socken, und Gert brachte sich grinsend in Sitzstellung.

"Armer Schlucker! Ich habe alles gehört."

"Was heißt hier armer Schlucker?" wollte Erich verärgert wissen. "Sie hat doch recht. Wir sehen furchtbar aus! Warum hast du mich nicht verteidigt, wenn du alles gehört hast?"

"Es ist d e i n e Frau!"

"Aber deine Schwester!"

Gert holte seine Schuhe unter dem Bett hervor und stellte sich mit diesen in der Hand an die Tür.

"Ich werde mich in der Küche waschen und mit Maria sprechen. Aber vielleicht müßtest du ihr ab und zu mal zeigen, daß du der Mann bist. Ich meine, - ich will mich ja nicht einmischen - aber Vera dürfte mir diese Fesseln nicht anlegen."

"Du mußt sie ja erst einmal heiraten. Danach können wir uns wieder sprechen."

Wenn das Schmelzwasser des Iser Gebirges und all die kleinen Nebenflüsse und Bäche die Neiße attakierten, verließ der Fluß seine Ufer und überflutete tiefgelegene Dörfer und machte Wiesen und Felder zu einer großen Seenplatte.

Dann wurde auch die Görlitzer Altstadt zu einer Halbinsel. Während dann Horthe- und Uferstraße im braunen Wasser versanken, ragte die Peterskirche auf ihrem Fels wie eine riesige Statue über allem.

Die Köpfe der Grenzpfähle schienen auf dem Wasser zu schwimmen, und nur an ihnen war das eigentliche Ufer zu erahnen.

Das ungebärdige Benehmen dieses sonst so ruhigen Flusses hinterließ nicht nur Sand und Schlamm, sondern auch noch viele Tage nach Rückgang des Wassers einen brackigen, fauligen Geruch, der sich großer Teile der Altstadt bemächtigte.

Wer nicht auf das Land brauchte und auch in der Neißegegend nichts zu tun hatte, der wußte oft nichts von dem Hochwasser, und es wäre ihm auch egal gewesen, denn der überwiegende Teil der Stadt lag hoch, und das machte erhaben.

Hatte sich der Fluß wieder in sein Bett zurückgezogen, ließ er noch ein verhaltenes Gluckern hören, das als schadenfrohes Kichern etwa hieß: "Es hätte schlimmer kommen können!"

Marias Schwangerschaft war nicht mehr zu übersehen, und die fleißige Gerlinde strickte Babysachen in neutralen Farben.

Ob nun Sohn oder Tochter, den künftigen Eltern war es egal. Wenn alle Berechnungen stimmten, dann mußte der Nachwuchs im kommenden Monat - also April - das Licht der Welt erblicken.

Gespannte Nervosität bei Mama Baikowski aber auch bei Erichs Eltern.

Ähnlich wie bei der Hochzeit kamen nun von überall kleine Starthilfen, und sogar ein

Kinderbett war dabei.

Der Wohnraum wurde immer enger und das Mobilar immer gemischter. An den Fenstern waren nach wie vor nur Scheibengardinen, das Ehebett hatte eine durchgelegene Matratze, und es gab nur einen alten Elektrokocher, dessen Heizdrähte in regelmäßigen Abständen durchbrannten.

Aber es wurde trotzdem Frühling und jeder kleine Gegenstand, der zum Haushalt dazukam, jede noch so bescheidene Neuerung, löste Freude aus und vermittelte das Gefühl, etwas geschafft zu haben.

"Diese Schnuller haben ja gar kein Loch", stellte Erich beim Durchsuchen der bereitgestellten Babysachen fest.

Maria verdrehte in komischer Verzweiflung die Augen. "Das sind keine Schnuller sondern Sauger für die Flasche, und die müssen natürlich erst mit einer heißen Nadel durchgestochen werden. - Aber ich sehe schon, du wirst als Vater noch viel lernen müssen."

Der gedankliche Kreißsaal eines werdenden Vaters, der wußte, daß bald die ganze Wohnung nach Windeln und Babynahrung riechen würde.

Karrieremenschen tragen Bewunderung ebenso wie Neid vor sich her. Hugo war so einer.

Er, der schon das Kapitänspatent vor Augen hatte, überraschte seine Mutter mit einer neuen Wohnzimmereinrichtung, und Mama Baikowski entsorgte mit Tränen der Rührung die alten Möbelstücke, die sie am Ende ihrer Flucht in dieser Wohnung vorgefunden hatte.

Hugo war selbst gekommen, um beim Aus- und Einräumen zu helfen, und in seiner Begleitung befand sich ein pummeliges, kleines und fröhliches Mädchen, das sich sehr natürlich gab und sofort allen sympathisch war.

Dieses lustige Wesen hieß Irene, war an der Ostsee zu Haus und wurde von Mama Baikowski besonders ins Herz geschlossen. Es sollte eine Verlobung geben, und diese Feier wollte Gerlinde in ihrer Wohnung ausrichten.

Es wurde auch eine Feier der Selbstdarstellung. Gerlinde und Hugo waren eben zu etwas gekommen.

Gerlinde nahm Erich beim Abschied zur Seite und fragte im Flüsterton: "Ihr habt doch noch keinen Kinderwagen? Unser alter Korbwagen steht im Keller - ist nicht mehr ganz neu, aber er tut noch seinen Zweck. Hol ihn dir in den nächsten Tagen!"

Dann kam der Mittwoch mitten im April, an dem Erich von seinen Kupferdrähten weg ans Telefon geholt wurde, und Maria ihm erstaunlich ruhig mitteilte, daß es nun soweit sei, und er nun ein Taxi besorgen solle.

Auf der Fahrt ins Bezirkskrankenhaus aber erlebte Erich seine Frau abwesend und gedankenverloren, und er spürte die Überflüssigkeit eines werdenden Vaters vor der Geburt.

Mama Baikowski, bei der Erich dann die Wartezeit verbrachte, fiel es schwer, ihre Aufregung zu verbergen. Immer wieder ging ihr Blick zur Uhr, so als könnte die Zeit ihr
eine Antwort geben. -

Die Sonne hatte bis zum späten Nachmittag die Telefonzelle am Elisabethplatz aufge-
heizt, so daß Erich nicht nur vor Aufregung Schweißperlen auf der Stirn hatte, als er in
ihr erfuhr, daß er Vater einer Tochter geworden war.

Er hörte noch, daß Mutter und Kind wohlauf und gesund seien, dann knackte es in der
Leitung, und die Verbindung war weg und die Münzen aufgebraucht.

Nach Meinung der Schwestern hatte Maria nicht einen einzigen Augenblick des Überle-
gens gebraucht, um einen Namen für das Kind zu finden. Babette! Was sonst?

Nun konnten sich alle während der zehn Tage Klinikaufenthalt davon überzeugen, daß
Babette das schönste Baby von allen anderen war.

Erich schwoll die Brust bei jedem Lob, das er zu hören bekam, während Maria nur
glücklich und entspannt lächelte.

Und Babette bereitete den Eltern keine Probleme. Sie schlief die Nacht durch, nahm
die Brust und später die Flasche mit Wohlbehagen und quängelte oder schrie niemals.

Den alten Korbkinderwagen vier Stockwerke hoch- und runtertragen erwies sich als die
einzige Plage, denn im unteren Hausflur durfte er nicht stehenbleiben.

"Wenn das jeder machen würde." war die Begründung des Hausmeisters, der damit
auch Fahrräder und andere Gerätschaften meinte.

Trotz dieser Strapaze wurde Babette jedoch täglich ausgefahren, wobei sich Erich besonders hervortat. Und wie staunte er, daß dieses kleine Wesen weder vom Quietschen der Straßenbahn noch vom plötzlichen Anschlagen einer Kirchenglocke aufzu-
wecken war.

Mit Freude und Stolz ging es so in den Sommer.

Der bessere Verdienst gab den Ausschlag, daß Maria sich für die harte Arbeit in der
Schweinemästerei entschied und dem Bekleidungswerk Ade sagte, denn der Traum
von Anschaffungen und Verbesserungen sollte ja kein Traum bleiben.

Die Aufsicht von Babette war durch zwei Omis jederzeit gesichert, so daß die Eltern
auch einmal sorglos ins Kino gehen konnten.

Erich registrierte mit großer Freude eine Wandlung bei Maria nach ihrer Entbindung.

Sie, die anschmiegsame Gesten nie gemocht hatte und diese oft schroff zurückwies,
ließ es nun ohne Protest geschehen, wenn Erich sich auf dem Kinoklappstuhl an ihre
Seite kuschelte.

"Was hast du gegen eine Umarmung?" hatte Erich immer wissen wollen.

"Ich habe nichts gegen eine Umarmung, aber ich weiß doch, was du wirklich willst. Und dazu habe ich jetzt keine Lust." war dann stets ihre Antwort gewesen.

Aber alles rückte in Vergessenheit, wenn Babette, dieses zufriedene Bündel, durch die Straßen geschoben wurde, oder wenn es am Wochenende zur Weinlache, ins Volksbad oder ins Umfeld der Landeskrone ging.

Und eben diese Gegend war für Erich voller Kindheitserinnerungen. Hier hatte er nach dem Krieg auf den abgeernteten Stoppelfeldern "Ähren geklaubt"; also mühsam die beim Ernten abgebrochenen und liegengebliebenen Kornähren gesammelt.

Und das war nicht nur mühsam sondern auch äußerst schmerzhaft gewesen, denn barfuß über die aufgerichteten Stoppeln zu laufen, das hatte eine gewisse Übung abverlangt; den Schlurfschritt dicht am Boden, bei dem der Fuß die gefährlich spitzen Stoppeln schon vor dem Aufsetzen seitwärts wegknicken mußte.

Die bescheidene Beute ist dann zu Haus in der Kaffeemühle zermahlen und wie Mehl verbraucht worden.

Später hatte es dann Sondereinsätze der Schule zum Kartoffelkäfersuchen gegeben, und der Lohn für die eifrigsten Sammler waren symbolische Auszeichnungen und Lobreden gewesen.

Auf seine Erzählungen reagierte Maria meist mit einem Gegenschlag.

"Du hast es noch gut gehabt. Was meinst du, wie es uns in Ostpreußen ergangen ist?" Natürlich waren alle gemütlichen Abende auf der Neißstraße immer randvoll von Erlebnisberichten solcher Art, bei denen Erichs Geschichten nur milde belächelt werden konnten.

Es war hochsommerliches Wetter, der leichte Wind brachte das reife Kornfeld in Wellenbewegungen, und Maria legte die frisch eingewindelte Babette wieder in den Kinderwagen.

Erich räkelte sich auf der Decke, die sie hier neben einem Feldweg bei Kunnerwitz zur Rast ausgebreitet hatten und blinzelte auf die Silhouette der nahen Jauernicker Berge, und Maria zupfte Blumen vom Feldrand.

"Warum fängst du jetzt mit einem Blumenstrauß an? Bis wir nach Haus kommen, sind die Pflanzen kaputt, und du mußt sie - wie immer - wegwerfen."

"Mir gefallen eben die Blumen", kam es unbeeindruckt. "Aber anstatt mich zu beobachten, solltest du lieber mal einen Blick auf die Wolken werfen. Wie hattest du am frühen Morgen gesagt? Ich sollte nicht so dumm sein und einen Schirm mitnehmen, denn es würde mit Sicherheit nicht regnen."

Triumph war in ihren Augen zu lesen, als sie jetzt aus der Hocke hochkam und mit der Hand zum Himmel wies. "Schau es dir an! Als Prophet taugst du eben auch nichts."

Es wurmte ihn, daß Maria wieder einmal recht gehabt hatte, und er beeilte sich, alles zusammenzupacken, um wenigstens die Nähe eines Gasthauses zu erreichen, bevor der Regen losbrechen sollte.

Und er brach los, noch bevor sie die Endhaltestelle der Straßenbahn erreicht hatten.

Babette war zwar durch einen imprägnierten Wagenüberzug geschützt und bekam von der Hektik der Eltern wenig mit, aber Erich versuchte beim Laufen die Decke über den Kopf von Maria zu halten, die den Wagen schob.

Er selbst war naß bis auf die Haut, und die vom Wasser vollgesogene Decke, deren Enden ihm ins Gesicht klatschten, wurde schwer.

"Ich werde nie mehr auf dich hören, wenn du eine deiner Weisheiten von dir gibst!" drohte Maria. "Und nimm endlich die alberne Decke weg! Die nutzt gar nichts."

Als sie die ersten Häuser erreicht hatten, war der Schauer vorbei, und Erich stand wie ein begossener Pudel da.

Immerhin hielt es an, dieses zeitweilige, wunderliche Stillhalten bei Erichs Zärtlichkeitsbekundungen. Allerdings mit Vorbehalten.

"Paß ja auf! Oder willst du, daß wir gleich wieder ein Kind bekommen?"

Nach einiger Zeit endete jede Schmuserei mit ihrer Frage: "Du hast doch nichts dagegen, wenn ich mit Elma zum Tanzen gehe? - Weißt du, ich tanze nun mal so gern. Du könntest ja auch mitkommen. Aber du hast selbst gesagt, daß du dir nicht viel daraus machst. Und außerdem würde ich kaum aufgefordert werden, wenn du den ganzen Abend neben mir sitzt."

"Wir haben bis jetzt kein Geld verurscht und werden es auch in Zukunft nicht."

Einzige Reaktion von Erichs Mutter auf die Ankündigung neuer Geldstücke, die der Oberlausitzer eben nicht "verurscht".

Zeitungsartikel und Versammlungen hatten die Bevölkerung vorbereitet.

Die neuen Geldstücke, die am vierzehnten Oktober in Umlauf kamen, waren aus Aluminium und wesentlich leichter. Der Mangel an Buntmetall hatte den Wechsel bewirkt.

"Die leichte Mark", hieß es schnell. Oder: "Jetzt zieht es die Hose nicht mehr nach unten." Und einige nannten es sogar verächtlich "Spielgeld".

An der Lebenshaltung änderte sich dadurch nichts, denn es gab ja immer noch Lebensmittelkarten, die jedem die Grundnahrung garantierten.

Was darüber hinaus hätte möglich sein können, dafür fehlte der Vergleich.

Als Erich einmal im Theater von einem West-Besuch eine Ami-Zigarette angeboten bekam, da merkte er erst, daß auch eine "Turf" zu überbieten war, und die ersten Vergleiche waren ja nur bei Zigaretten, Kaugummis und eingeschmuggelten Zeitungen möglich.

Erich erinnerte sich an eine Mutter, die in einer Versammlung der Kaderabteilung Bau den anwesenden Funktionären ganz schön ans Leder gegangen war.

"Warum", so hatte sie gefragt, "erlaubt und gebt ihr eigentlich unseren Kindern keine Kaugummis? Mit Kapitalismus kann das doch nichts zu tun haben. Soviel ich weiß, sollen die Dinger sogar gut für die Zähne sein. Gesund also."

Das war mutig gewesen, und der angesprochene Funktionär hatte alle Mühe gehabt, gegen die klatschende Menge anzukommen.

"Ja merkt ihr denn nicht, daß es gerade diese Dinge sind, mit denen uns der Kapitalismus ködern und aufweichen will? Und da kommt ihr ausgerechnet mit dem albernen Argument der Gesundheit. Laßt eure Kinder auf einer Speckschwarte kauen, das ist wesentlich gesünder!"

Nun gut. Das neue Geld mit dem eingestanzten Hammer und Zirkel Emblem war jedenfalls nun im Umlauf.

Einem nicht erklärbaren Antrieb folgend, zog es Erich zu mitternächtlicher Stunde auf die Straße, und ehe er es sich versah, stand er vor dem Altstadt Lokal "Goldener Engel" und hörte das Ein-Mann-Orchester, laute Stimmen, Lachen beschwipster Gäste und roch den Rauch, den Schweiß und das billige Parfüm.

Nein, er wollte da nicht rein. Aber ihm kam die Idee, Maria, die er im Lokal wußte, nach Hause zu begleiten.

Um nicht bewegungslos an einem Platz stehen zu müssen, schlenderte er in die unzureichend beleuchtete Rosenstraße, in der Gestalten zwar auf wenige Meter noch zu sehen aber nicht zu erkennen waren.

Eine Stimme war es, die Erichs Schritte unterbrach, denn er glaubte sie zu kennen und drückte sich bewegungslos an eine Hauswand.

Auf der gegenüberliegenden Straßenseite, nur ein paar Meter entfernt, sah er eine Frau und einen Mann auf den Steinstufen vor einer Haustür stehen. Er hörte den Schlüssel im Schloß drehen und sah, wie der Mann auf seine Hosentasche klopfte.

"Suchst du die Zigaretten?" fragte die Frau, die bereits auf dem Gehsteig stand. "Die habe ich."

Erich wagte sich nicht zu rühren, denn das war Marias Stimme, das war ihre Größe, und das waren ihre Bewegungen. Sie war es!

Demnach mußte sie in Begleitung dieses Mannes soeben das Haus verlassen haben.

Er schaffte es, unentdeckt zu bleiben, als die beiden im Lokal verschwanden.

In einer Stunde würde dort Schluß sein. Für Erich eine Stunde Ohnmacht und Verzweiflung, in der er einen Entschluß fassen mußte.

Mit einer großen Szene könnte er sich lächerlich machen, denn es gab ja immer noch die Möglichkeit einer harmlosen Erklärung.

Er entschloß sich für den Heimweg. Babette war über Nacht bei der Papa-Oma, und somit wäre bei Marias Heimkehr ein klärendes Gespräch möglich, ohne befürchten zu müssen, daß das Töchterchen aufwachen könnte.

Er rauchte eine Zigarette nach der anderen und sah ständig auf die Uhr, und als er dann glaubte, Maria müßte längst zu Hause sein, da kamen Bilder in seinen Sinn. Maria in inniger Umarmung im Park, und Maria küssend in irgend einem dunklen Hausflur.

Schritte im Flur ließen diesen Film reißen.

Ehrliches Erstaunen dann bei Maria darüber, daß ihr Mann um diese Zeit noch am Küchentisch saß.

"Hast du auf mich gewartet?" Sie streifte dabei die Schuhe ab und gab einen erlösenden Laut von sich.

"Tanzen ist anstrengend, nicht wahr?" Es fiel Erich unsagbar schwer, ruhig zu bleiben.

"Warum fragst du? Was ist überhaupt mit dir? Die Bude ist ja total verqualmt! Willst du mir etwa die Stunden vorzählen? Du weißt genau, das ist mein einziges Vergnügen."

Sie wirkte müde, aber da war keine Spur von einem schlechten Gewissen, staunte Erich.

"Wenn du jetzt etwa mitten in der Nacht mit mir diskutieren willst - " Sie ließ den Satz bedrohlich offen. "Ich bin zu müde!"

Es war, als hätte er nur auf ein Stichwort gewartet und wurde lauter als beabsichtigt.

"Typisch!" schrie er. "Für jeden hast du Zeit, nur wenn ich etwas von dir will, dann bist du müde!"

Maria hielt beim Entkleiden inne und zeigte wieder ihre Katzenaugen. "Du suchst Streit? Was hast du mir eigentlich vorzuwerfen? Und was heißt hier, für jeden hätte ich Zeit?"

Durch ihre Selbstsicherheit ein wenig verunsichert, wagte er nur die Bemerkung: "Du lernst ja schließlich auch Männer kennen."

Maria stutzte und zwang sich zu einem Lachen. "Merkst du denn nicht, wie komisch du wirkst? Wenn ich eines nicht ausstehen kann, dann ist es grundlose Eifersucht! Du bist überspannt!"

"Wer war der Mann, in dessen Wohnung du mitgegangen bist?"

Aber wenn Erich geglaubt hatte, Maria würde nun einen zerschmetterten Eindruck machen, wurde er sofort eines Besseren belehrt.

Sie kniff die Augen nur noch enger zusammen. "Du spionierst? - Pfui! - Ich würde mich an deiner Stelle schämen!"

Sie schien wirklich betroffen, denn ihr Ton klang weinerlich. "Du kannst froh sein, eine so anständige Frau zu haben! Deine Fantasie ist geradezu widerlich!"

"Fantasie?" bäumte sich Erich auf. "Ich habe mit eigenen Augen gesehen, wie du aus der Wohnung eines Fremden kamst!"

"Na und? Das genügt dir schon, um aus mir ein Flittchen zu machen?"

"Ja du meine Güte! Was muß denn noch passieren?"

"Pfui, kann ich nur sagen!" Dabei ließ sich Maria auf einen Stuhl fallen und betrachtete eine Weile mitleidsvoll das hastige und nervöse Rauchen ihres Mannes.

"Soll ich dir sagen, was da war?"

"Darauf warte ich die ganze Zeit."

"Dieser fremde Mann ist Elmas Freund - "

"Ach! Und deshalb gehst d u mit ihm?"

"Er hatte zu Haus etwas vergessen, und Elma wollte nicht mitgehen, weil ihr die Füße weh taten. Ich aber wollte etwas frische Luft, und deshalb - "

"Wenn das so ist, dann hättest du ja vor dem Haus warten können. Sag mal, für wie dumm hältst du mich eigentlich?"

"Er wollte mir nur kurz seine Wohnung zeigen, verstehst du?"

Maria betonte erregt jedes einzelne Wort und steigerte sich in der Lautstärke, so als müßte sie einem Schwerhörigen etwas verständlich machen.

"Hat dieser Er auch einen Namen?"

"Also gut!" fauchte Maria. "Ich werde ihn dir bringen, dann kannst du ihn selber fragen. Aber laß mich jetzt gefälligst in Ruhe!"

Sie stellte sich in die Tür zum Schlafraum und drohte noch einmal mit den Schuhen in der Hand. "Du hast mich sehr enttäuscht, und wenn ich dir das vergessen soll, dann mußt du dich ändern. Also - ändere dich ja!"

Babette entwickelte sich vortrefflich.

Sie krabbelte am Boden, lallte zufrieden vor sich hin und war nicht einmal sonderlich ungehalten, als ihre ersten Zähne durchkamen.

Doch die Stadt verfiel. Es begann auf den Dächern, die nicht mehr instandgesetzt werden konnten, und zog sich von Etage zu Etage nach unten. Da konnten auch die Wannen und Eimer, die auf den Böden das Regenwasser abfangen sollten, nicht helfen.

Die Feuchtigkeit bemächtigte sich unbarmherzig jeder Mauer, jedem Stuck und jedem Putz, Farben verblichen und Wände bröckelten.

Es war die Trauerkleidung der Steine.

Die wuchtigen Gewölbe des Schönhofs schienen trotzigen Widerstand zu leisten, und das Biblische Haus mit den vielen Reliefs am Portal sah hämisch auf die schräg gegenüberliegende Seite der Neißstraße drei.

Ächzende Holztreppen, faulende Fensterrahmen, undichte Wasserleitungen, deren Tropfwasser irgendwo in den Kellern versickerte und für zusätzliche Feuchtigkeit in den ohnehin schon schwammigen Wänden sorgte.

Der Zwang, wenigstens etwas gegen das Ungeziefer zu tun, zeigte unterschiedliche Erfolge, und nur die Ratten in manchen Hinterhöfen wußten von der Vergeblichkeit, sie endgültig vertreiben zu können.

Vieles wurde zur Gewohnheit, und das stumpfte ab.

Harte Arbeit und bescheidene Lebensumstände waren für Mama Baikowski zur Gewohnheit geworden, und so nahm sie all die Unzulänglichkeiten ihrer neuen Zwangsheimat geduldig hin.

Kohlen und Kartoffeln im Keller zu haben, war für sie wichtiger als frisch getünchte Wände.

Obwohl ihr keinerlei Beschwerden anzusehen waren, hatte sie plötzlich Termine beim Arzt, die sie als Routineuntersuchungen erklärte. Doch bei einsetzender Häufigkeit und Regelmäßigkeit solcher Termine wollte man ihr die Harmlosigkeit nicht mehr abnehmen. Sie selbst klagte ja nicht, da Krankheit für sie kein Thema war.

Nachdem weder Gert noch die Töchter etwas erfahren konnten, war man untereinander doch sehr besorgt.

Elma war zu naiv, um etwas einschätzen zu können, und die anderen Geschwister kamen nur zeitweise in Mamas Nähe. Gert jedoch stand die unausgesprochene Angst im Gesicht, daß der Mutter etwas passieren könnte.

Elma wurde deshalb auch von ihm mit harten Worten angehalten, im Haushalt mehr zu helfen und nicht, wie es meist ihre Art war, nach der Arbeit nur die Schuhe abzustreifen und an den nächsten Kinobesuch oder den nächsten Tanzabend zu denken.

Erst maulte sie, tat dann aber doch, wie ihr vom Bruder geheißen wurde.

Sie versuchte es zumindest, denn Mama Baikowski war mit ihrer schnellen Schluderarbeit nicht immer zufrieden und mußte hinterherräumen oder manches noch einmal tun.

Sicher spürte sie die Besorgnis ihrer Kinder, denn Spaziergänge, Kinobesuche und Kaffeestunden mit den Töchtern fanden nun immer öfter statt.

Sie wurde überredet eine neue Handtasche zu kaufen, alte Kleidungsstücke, die bisher bis zum Verfall gepflegt worden waren, abzulegen und sich mehr Ruhe zu gönnen.

Und Mama Baikowski genoß diese Fürsorge fast widerspruchslos.

Nur manchmal, wenn es ihr zu übertrieben vorkam, ließ sie Protest hören.

"Was wollt ihr eigentlich aus mir machen? So putzen sich alte Frauen heraus, die eine Torschlußpanik haben."

"Aber du bist keine alte Frau, Mama!"

"Also - " und man sah sie schmunzeln, "das Lügen habe ich euch aber nicht beigebracht!"

Sie war ruhiger und gelassener geworden, aber wer sie beobachtete, mußte erkennen, daß sie oft mitten in einer Handhabung innehielt, so als würde sie überlegen, ob es überhaupt einen Sinn hätte, damit fortzufahren.

Wohnungen, in denen Windeln gewaschen werden mußten, hatten alle diesen süßlich herben Geruch von Waschpulver und Baba-Exkrementen, und besonders Fliegen waren dem zugetan.

Als das Frühjahr kam, spannte Erich Gaze vor die Fenster, doch die Plagegeister fanden auch den Weg durch die Tür.

Besonders für Maria war es lästig, wenn sie über das Waschbrett und die Wanne gebeugt die Wäsche rubbelte, und sich Fliegen auf ihrer schweißnassen Haut niederließen.

Da half nichts; es mußten zusätzlich noch diese ausziehbaren, klebrigen Fliegenfänger an alle Stubenlampen gehangen werden, und das sah scheußlich aus und war eine Gefahr bei unüberlegten Bewegungen.

Nur Babette kreischte vor Vergnügen, wenn so ein Tierchen über ihre Hände krabbelte, oder wenn der Papa sich in den Kleberollen verfing.

Ihr gelangen bereits die ersten Schritte, und sie war voller Entdeckungsdrang. Jeder zerbrechliche Gegenstand, der noch etwas länger leben sollte, mußte aus ihrer Reichweite gerückt werden, doch war sie wirklich einmal schneller, verzieh man ihr auch.

Sie war kein Schreihals, der Mutter oder Vater nachts aus dem Schlaf geholt hätte.

Wo Krischel- und Bäckerstraße spitzwinklig aufeinandertrafen, lag der Fischmarkt, der immer etwas von den Übungsklängen der dort ansässigen Musikschule überflutet wurde und so den alten Häusern eine zusätzliche Romantik verschaffte.

Fernab von den Industriegeräuschen der Weberei und des Waggonbaus gab es hier optisch wie auch akustisch einen fast mittelalterlichen Stillstand, der jeden Lyriker zu einem Gedicht herausgefordert hätte.

Zärtlich, hämmernd oder perlend - es war oft ein eigenwilliges Potpourri vieler Instrumente, das den kleinen Platz zu einer Bühne werden ließ.

Eine Künstler-Enklave, in der Instrumentenkästen und Notenblätter hin und her getragen wurden, und der Eindruck entstand, die Musik sei der Welt einzige Wichtigkeit.

Aber diese begabten Schüler gestalteten auch im Humboldt- und Wichernhaus ihre eigenen Konzerte, und nicht selten mischten sich berühmte Namen wie Elly Ney darunter.

Worte waren eben immer verfänglicher als Noten, denn aus letzterem wäre ja wohl auch für den hellhörigsten Funktionär keine Staatsgefährdung herauszuhören gewesen.

Diese Musensöhne und Musentöchter bewegten sich in einem toten Winkel der sozialistischen Normen.

Erich kannte dieses Milieu sehr gut; hatte er doch oft einem ehemaligen Schulfreund hier seine Zeit geopfert, um seinen Übungen beizuwohnen und einfach nur dabei zu träumen.

Und Erich machte, mit Babette an der Hand, nur zu gern diesen kleinen Umweg, wenn er zur Neißstraße ging.

Daß sich für jeden Topf auch einmal ein Deckel findet, war lange Zeit Elmas einziger Trost.

Nun glaubte sie, als Erfolg vieler Tanzabende, diesen Deckel gefunden zu haben und wollte die neue Beziehung so schnell wie möglich festigen und offiziell machen.

Keiner wußte, ob es nicht doch nur ihr eigenes und einseitiges Wunschdenken war, als sie unvermittelt verkündete: "Wir werden uns verloben!"

Nach sprachlosem Staunen dann die Steigerung: "Und wir werden bis zur Hochzeit nicht lange warten!"

Sie hatte ihre Eroberung noch nicht vorgestellt, und so kannten alle erst einmal nur ihre Meinung.

Als er dann doch, und wie es schien mit Elmas sanfter Gewalt, bei Mama Baikowski erschien, stand da ein ansehnlicher, junger Mann, der total verschüchtert kaum den Mund aufbekam.

Mit Triumph in den Augen plapperte dagegen Elma wie ein Wasserfall.

"Georg ist allein. Er hat keine Eltern mehr. Ich werde ihn bekochen und bemuttern - "

Keiner wagte zu unterbrechen, aber alle wußten, daß Elma gar nicht kochen konnte und für jede Art von Hausarbeit bisher zu faul gewesen war.

Aber Elmas Redeschwall erstickte jede aufkommende Peinlichkeit.

"Wir sind füreinander geschaffen, und wir haben uns gesucht und gefunden. Ist es nicht so?"

Dabei legte sie ihre Hand in Georgs Schoß und sah ihn verliebt und schmachtend an.

Der Überrumpelte lächelte unsicher und sah sich nur verschüchtert im Kreis der Familie um.

"Er traut sich nicht, etwas zu sagen, wenn ihr ihn so scharf anschaut", glaubte Elma entschuldigen zu müssen. "Aber wir könnten ja zur Feier des Tages mal einen Schluck trinken. Dann taut Georg bestimmt auf!"

"Wie wäre es", unterbrach nun Mama Baikowski ihre jüngste Tochter, "wenn du mal eine Pause einlegst? Ich bin sicher, dieser junge Mann redet dann auch so mit uns."

"Deswegen können wir doch trotzdem etwas trinken", maulte Elma eingeschnappt.

"Ja also - " begann der Besuch nun in die Pflicht genommen, "also - ich habe Elma sehr lieb und würde auch - ich meine - heiraten. Nur - da ist im Augenblick wenig da - so Dinge eben, die einen Haushalt ausmachen. Da müßten wir vielleicht doch erst mal - noch ein bißchen warten."

Unterbrochen von einigen Räuspern hatte er sich diese Sätze förmlich abringen müssen.

Nur Elma wollte das so nicht stehenlassen.

"Ach was!" wischte sie diese Bedenken fort. "Ob wir da am Anfang einen Stuhl oder einen Tisch zu wenig haben, das ist doch egal. Und wenn wir vom Fußboden essen müßten! Die Hauptsache ist doch, daß wir zusammen sind. Ich bin nicht wählerisch und muß nicht gleich alles haben."

"Die Wahrheit ist", meldete sich nun die eheerfahrene Gerlinde, "daß eben tatsächlich etwas mehr als Tisch und Stuhl dazu gehört, mein liebes Schwesterchen. Und ich finde Georgs Einwand ganz vernünftig. Warum die Eile?"

Daß Elma nur Angst hatte, Georg könnte es sich bei großzügiger Zeitauslegung vielleicht noch anders überlegen, war ja für sie schwer zuzugeben.

Und als nun auch noch Mama Baikowski dem verlegenen Georg zusprach, wurde Elma ernsthaft böse.

"Jeder von euch hat klein angefangen. Warum werden ausgerechnet immer nur bei mir Schwierigkeiten gesehen?"

Und dann brach es aus ihr heraus. "Weil ihr mir mein Glück nicht gönnt! Nein, ihr gönnt es mir nicht!" Worauf sie weinend die Wohnstube verließ.

Betretene Gesichter und Mama Baikowski mußte Georg, der Elma nachlaufen wollte, zurückhalten.

"Sie kommt schon ganz allein zur Ruhe", tröstete sie. "Es ist ihr Eigensinn. Nur ihr Eigensinn. - Du mußt Geduld mit ihr haben."

Daß sie diesen Neuling gleich duzte, fiel niemand auf. Aber es war eine Auszeichnung.

Völlig aufgelöst erschien Frieda eines Abends in der Landeskronstraße, als Maria und Erich gerade beim Abendbrot saßen, und Babette schon im Bettchen lag.

Die Neuigkeit bestand nur aus einem kurzen Satz, der Maria kreidebleich werden ließ und Erich veranlaßte, sein Brot auf das Schneidebrett zurückzulegen.

Frieda war so aufgeregt, daß sie Asche von der Zigarette schnipsen wollte, an der noch gar keine dran war.

"Georg muß sich heute schon am frühen Morgen auf dem Dachboden erhängt haben! Eine Hausbewohnerin, die etwas abstellen wollte, hat ihn gefunden."

"Und Elma?"

"Mama weiß es schon. Aber - Elma ist nicht zu finden. Mama fragt, ob wir sie nicht suchen könnten."

"Wo denn?" klagte Maria. "Wo sollen wir sie denn suchen?"

"Du bist doch öfter mit ihr zusammen. Du kennst vielleicht Leute, die auch Elma kennen. Ich meine, - ich weiß doch am wenigsten, wo sie zu suchen wäre. Außerdem muß ich wieder nach Haus, denn ich habe meine beiden Mädels alleingelassen. Hoffentlich kommen die nicht auf dumme Gedanken."

"Du hilfst mir doch?" bettelte Maria, und Erich beeilte sich zu versichern: "Ja natürlich!
Wir gehen bei meiner Mutter vorbei, daß sie nach Babette sieht. Aber was ist mit Gert?"
wandte er sich an Frieda, die schon ungeduldig an der Tür stand.

"Den habe ich nicht gesehen. Kann sein, daß er noch nichts davon weiß. Er hat, glaube
ich, zur Zeit auch Ärger mit Vera. Egal. Ich muß jetzt gehen. Gebt mir Bescheid, sobald
ihr Elma gefunden habt. Ja?"

"Und wenn sie sich etwas angetan hat?"

"Mein Gott! Wir wollen doch nicht gleich an das Schlimmste denken!"

Ohne Anhaltspunkt eine junge Frau zu suchen, die sich womöglich irgendwo verkro-
chen hatte und gar nicht gefunden werden wollte, war ein Spiel mit dem Zufall.

Die Spurensuche begann im "Goldenen Engel", in dem an diesem Abend nur wenig
Leute waren, die befragt wurden, ob sie Elma gesehen hätten.

Maria und Erich ließen keinen Parkwinkel und keinen Weg aus, den Elma bisher bevor-
zugt begangen hatte, und sie wußten bei all diesen Bemühungen nicht einmal, ob sie
nicht schon längst zu Haus war.

"Ich weiß nicht, wo man Georg hingebracht hat. Aber wäre es nicht denkbar, daß Elma
versucht in seine Nähe zu kommen?"

"Bei Selbstmord ist die Polizei eingeschaltet. Sie würde da nicht rankommen."

"Dann weiß ich auch nicht weiter. - Wir sollten jetzt zu Mama gehen."

In der Höhe der Kränzelstraße hielt Erich seine Frau am Arm fest. "Schau mal dort!"

Beide sahen im Halbdunkel eine junge Frau vor dem Eingang Neißstraße drei.

"Elma!" Nach diesem Aufschrei von Maria drehte sich die Angerufene um und sah erstaunt Schwester und Schwager entgegen.

"Wo kommst du denn her?" Maria betrachtete ihre Schwester wie eine Erscheinung.

"Ich war im Kino." Sie sagte es, als wäre sie nach dem Wetter gefragt worden.

"Du warst w o ?"

"Ich war im Kino und habe mir die Spätvorstellung angesehen. Warum? Wieso fangt
ihr mich hier ab?"

Maria nahm ihre Schwester in den Arm und meinte tröstend: "Ist ja schon gut. Du bist
etwas verwirrt und willst alles nicht wahrhaben. Aber wir haben uns Sorgen gemacht.
Mama auch."

Elma tat, als müßte sie sich an etwas erinnern, das weit zurücklag und schob unwirsch
den Schlüssel ins Schloß. "Ja, Georg ist tot. Aber er wird nicht mehr lebendig, wenn
ich mich zu Haus vergrabe."

"Bist du in Ordnung?" wollte Erich wissen, dem diese Haltung merkwürdig vorkam.

"Ich denke schon. - Wißt ihr - ", und sie tat, als müßte sie einen schönen Traum erzählen. "Georg hatte noch nie ein Mädchen oder eine Frau gehabt. Ich war die erste und

einzige, und somit kann auch keine andere Frau ihn mir noch wegnehmen."

Sie schloß die Tür auf und zögerte. "Nur - warum er das getan hat, das dürft ihr mich nicht fragen. Den Grund zu wissen, das wäre vorher wichtig gewesen. Oder glaubt ihr, eine Antwort würde jetzt noch etwas ändern? Er hat mir gehört - mir ganz allein. Daran kann auch der Tod nichts mehr ändern."

Eine solche Reaktion war für Erich unbegreiflich, und Maria schien es ihm anzusehen. Weshalb sie dann auch, nachdem die Schwester im Haus verschwunden war, unumwunden fragte: "Du hältst sie für verrückt?"

"Ja also - entschuldige bitte! Hast du einen anderen Ausdruck dafür? Da wird die ganze Verwandtschaft rebellisch gemacht, und wir suchen die halbe Nacht. Du siehst deine Schwester schon leblos in der Neiße treiben, und dann kommt sie - aus dem Kino! Aber damit nicht genug. Vor wenigen Wochen waren wir Zeugen einer überschäumenden Liebe zu einem jungen Mann, der nun diese Welt verlassen hat. Und was erleben wir? Die angehende Braut geht zur Tagesordnung über!"

Und da waren sie wieder - die Katzenaugen!

"Willst du dich hier als Richter aufspielen? Ausgerechnet du? Merkst du denn nicht, daß Elma uns nur beruhigen wollte? In ihr sieht es ganz anders aus. Du willst immer so klug sein, aber in Wahrheit begreifst du nicht mal die einfachsten Dinge."

Der erregte Diput hallte durch die nächtliche Brüderstraße.

"Was gibt es denn bei diesem Quatsch groß zu begreifen? Und warum müssen wir uns in die Haare kriegen, nur weil deine Schwester spinnt?"

"Schämst du dich denn gar nicht?"

Ihr Ton verhieß höchste Alarmstufe, und Erich wußte, daß jedes weitere Wort von ihm ein Wort zuviel sein konnte.

Elma konnte beides sein - dickfellig aber auch warmherzig. Vorerst blieb sie verschlossen und machte sich später nur ganz selten auf den Weg zu Georgs Grab.

Der wahre Grund von Georgs Kurzschlußhandlung konnte nicht ermittelt werden.

Viel später erst waren ehemalige Schulfreunde und Arbeitskollegen bereit zu bestätigen, daß Georg in der Angst gelebt habe, einem Gehirnschlag zu erliegen, denn angeblich wäre in seiner Familie nicht nur die Mutter daran gestorben. Jeder Kopfschmerz hätte bei ihm schon Panik ausgelöst.

GRENZGÄNGER

Wenn sich hohe Funktionäre auf die Schulter klopften, dann war es im ganzen Land zu hören.

Der 29. Mai 1958 war so ein Tag. An diesem Donnerstag wurden die letzten Lebensmittelkarten abgeschafft, und das Ganze war von einer allgemeinen Preissenkung begleitet.

Das klang gut, brachte aber für den Bürger kaum nennenswerte Vorteile, denn der interessierte sich nicht dafür, welche Waren subventioniert wurden und welche nicht.

Er wollte endlich ein reichhaltigeres Angebot und nicht hinter den selbstverständlichsten Dingen hinterherrennen müssen.

Seit der Niederschlagung des Aufstands von 1953 schien jeder Widerstandswille gebrochen. Gemurrt wurde nur im engsten Kreis, oder man verschaffte sich mit zweideutigen Witzen im Gasthaus etwas Luft.

Man wußte von der Allmacht der Staatssicherheit, konnte sich nur nicht denken, daß oft schon die "besten Freunde" bereits dazu gehörten.

Aber Görlitz war keine Stadt der lauten Stimmen, keine Heldenstadt.

Jeder Aufschrei von hier hätte als Ruf in der Wüste verhallen müssen, denn man stand mit dem Rücken zur Grenze und hatte ein Land vor sich, für das es die Perle der Oberlausitz eigentlich gar nicht gab.

Mama Baikowski ging weiter regelmäßig zum Arzt, und noch immer wußten ihre Kinder nicht so recht warum.

Mit der nun recht schweigsamen Elma allein, denn Gert pendelte weiter zwischen Vera und der Neißstraße hin und her, hatte sie plötzlich mehr Zeit zum Grübeln als in all den Jahren zuvor.

Dabei wurde ihr klar, daß es eigentlich kein brauchbares Rezept dafür gab, wie man seine Kinder erfolgverheißend ins Leben entläßt.

Zu lange hatte der Überlebenswille der Kriegs- und Nachkriegszeit den Vorrang vor allen anderen Überlegungen einnehmen müssen. Dazu kam die Anstrengung, für so viele Kinder Vater und Mutter gleichzeitig zu sein, sie alle gleich behandeln aber nicht erwarten, daß alle gleich werden würden.

Um ihre zwei Ältesten machte sie sich keine Sorgen, und solange Erich tolerant blieb auch um Maria nicht. Frieda würde sich mit ihrem Mann zusammenraufen. Nur Elma pendelte weiter zwischen Minderwertigkeitsgefühlen und einer niedertrampelnden Burschenhaftigkeit und schien sich selbst im Weg zu stehen.

Der verinnerlichte Gert war, wenn es um Entscheidungen ging, nicht konsequent genug. Er sprach nie über seine Gefühle und schon gar nicht über die, die er haben mußte, wenn er bei Seemannsliedern im Radio die feuchten Augen seiner Mutter sah. Wie gern hätte er etwas Glorreiches getan, um ihre Bewunderung zu erhalten.

Vielleicht, weil er in Erich ebenfalls eine verkrachte Existenz erkannte, waren Gespräche mit diesem lockerer.

"Ob es im Westen wirklich so ist, wie es die Filme zeigen?"

"Du meinst ein zweites Amerika? Vom Tellerwäscher zum Millionär und unbegrenzte Möglichkeiten? - Zeigen denn unsere Filme die Wirklichkeit?"

Gert wollte sich dazu nicht äußern und ging das Thema von einer anderen Seite an.

"Veras Schulfreund war mal aus Westdeutschland auf Besuch gekommen. Einer, der es anscheinend drüben geschafft hat. Und der war hier, bevor er abgehauen war, auch nur Hilfsarbeiter. Jetzt ist er Vertreter, fährt sein eigenes Auto und hat eine tolle Wohnung. Der hat die ganze Zeit nur mit Schokolade und Zigaretten angegeben. Wenn so ein Arschloch da drüben hochkommt, dann kann es doch eigentlich nicht so schwer sein."

"Das klingt ja so, als wollte er dich rüberlocken?"

"Ganz im Gegenteil. Er meinte, da drüben würden die Messer gewetzt, und wer keine Leistung bringt, der könnte einpacken. Vielleicht wollte er sich damit nur selbst als Held aufwerten."

"Zumindest war herauszuhören, daß einem nirgends etwas geschenkt wird. Ein bißchen Glück gehört eben auch dazu - wie überall."

"Ja, ja - ", grübelte Gert weiter. "Er meinte auch, daß drüben politische Bekenntnisse nicht wichtig wären. Dafür würde eine christliche, kirchliche Einstellung oft zum Vorteil gereichen."

"Dagegen ist doch nichts einzuwenden."

"Er hatte aber Einwände. Er meinte nämlich, die würden da drüben den Glauben genauso scheinheilig praktizieren, wie wir es mit der Politik tun."

"Als Besucher ganz schön mutig."

"Er glaubt, daß die Leute da drüben das kürzeste Glaubensbekenntnis beten."
"Wie das?"

"Etwa so: Ich glaube an das Geld und die Allmacht der guten Beziehungen. Amen."
Gert schwieg, als gäbe es dazu nichts mehr zu sagen.

"Und du überlegst jetzt", versuchte Erich ihn weiter herauszufordern, "wo die Übertreibung aufhört und die Wahrheit beginnt? Oder spielst du mit dem Gedanken, es auszuprobieren? Ich meine - abhauen?"

Gert grinste nur und stellte die Gegenfrage: "Hast du schon einmal daran gedacht?"
Erich fühlte sich überrumpelt und murmelte etwas von Familie und Risiko.

Steine und Mauern. Stumme Zeugen wechselnder Geschichte.

Die am Obermarkt hatten die Truppen Napoleons gesehen und die Schrecken der Kristallnacht ebenso überstanden wie die Unruhen von 1953.

Nun war für die Mauern und Gebäude das Dulden politischer Spruchbänder und Transparente, die sie wie Pflaster trugen, wohl das kleinere Übel, denn alle Wunden konnten auch damit nicht verdeckt werden.

Erst zu Beginn des zwanzigsten Jahrhunderts erbaut, konnte sich der wuchtige Bau des nunmehr HO Warenhauses Centrum über etwaige Mängel erhaben fühlen.

Parkettfußböden, breite Treppenaufgänge und ein Kuppelglasdach, das neben der Frauenkirche den ganzen Demianiplatz überblickte.

Weniger feudal das Warenangebot und ernüchternd die Verkaufsatmosphäre.

Wer hier engstirnig nach einer Ware fragte, die nicht ausgelegt war, dem wurde unerbittlich klargemacht, daß er weit davon entfernt war, hier als Kunde etwa ein König zu sein. Dabei war die stereotype Antwort "hammwa nich" noch als gnädig zu bezeichnen.

An der Eingangsfront ein Arkadengang in dem jeder bei einem Regenschauer die Strecke Frauenkirche - Marienplatz trocken überstehen konnte.

An diesem Nachmittag war es besonders eng in diesem Gang, weil viele Passanten, die auf die Straßenbahn warteten, ebenfalls Schutz vor dem Platzregen suchten.

Sie traten sich fast auf die Zehen, da niemand zu nah an eine Gruppe russischer Soldaten heranrücken wollte. Nach der Menge der am Boden zertretenen Papyrossis zu urteilen, mußten sie schon länger hier verweilen.

Die Pfützen schlugen Blasen, und der Wind trieb ab und zu einige Regentropfen in die wartende Menge.

Die Russen, junge Burschen in Khaki-Uniformen und kurzgeschorenen Haaren, amüsierten sich lautstark, wobei einer von ihnen ausgekaute Sonnenblumenkerne dicht vor die Umstehenden spuckte und dafür nicht die freundlichsten Blicke abbekam.

Elma rannte mit klatschnassen Haaren ausgerechnet neben diese Soldaten vor dem Regen in Sicherheit und zwar in dem Augenblick, als einer dieser jungen Burschen, die sich Witze erzählten, vor Begeisterung sein Bein rückwärts anhob.

Elma, der das Wasser im Gesicht herunterlief, konnte das hochgezogene Bein nicht sehen. Sie stolperte und fiel zu Boden.

"Blöder Hund!" schrie sie zornig und laut, noch bevor sie wieder hochkam.

Plötzlich war nur noch der Regen zu hören, denn die Umstehenden wußten, daß jeder Russe diese Schimpfwörter verstand.

Als Elma wieder aufrecht stand, bekam sie Angst vor der eigenen Courage und suchte das Weite. Sie merkte nicht, daß der Regen aufgehört hatte. Sie hörte nur noch das laute und höhnische Lachen hinter sich.

Mama mußte sich zu Haus ihre Erregung anhören.

"Ich bin eben mit einem Iwan zusammengerauscht", sprudelte sie los. "Die glauben doch tatsächlich, sie wären allein auf der Welt! Den habe ich es aber gegeben!"

Während sie mit einem Handtuch die Haare trockenrubbelte, schimpfte Mama: "Zieh erst einmal dein nasses Zeug aus! Konntest du dich nicht unterstellen? Kein Mensch läuft bei einem solchen Regen auf der Straße."

"Hast du mir überhaupt zugehört?"

"Ja. Aber ich habe es nicht verstanden. Was war mit dem Iwan?"

"Blöder Hund habe ich zu ihm gesagt - vor allen Leuten."

Die Mutter schluckte. Wie immer, wenn sie nicht gleich die passenden Worte finden konnte.

"Mädchen! - Du bist meschugge! Das kannst du nicht machen!"

"Der hat mir ein Bein gestellt, und ich bin in den Dreck gefallen. Soll ich mich dafür vielleicht bedanken?"

"Ojeh, ojeh! Du mußt immer gleich ausfallend werden. Mit den Russen ist nicht zu spaßen, das weißt du!"

"Mama! Wir sind nicht mehr im Krieg!"

"Trotzdem. - Das war eine Beleidigung, was du da gesagt hast. Ja, eine Beleidigung!"

"Wenn schon. Für mich war es auch nicht zum Totlachen."

"Plürr deine Haare nicht hier in der Gegend herum und geh' über das Waschbecken damit! - Dein freches Mundwerk wird dir eines Tages noch Schaden bringen. Denk daran, was ich dir sage!"

"Hast du dich denn immer nur geduckt?"

"Oh Mädchen! Hätte ich nicht gelernt zu unterscheiden, wo es klug war und wo nicht, dann würde man euch schon als Kinder die Hälse durchgeschnitten haben!"

Elma schien wieder aus ihrer Lethargie erwacht zu sein, denn sie polterte mal harmlos mal frech wie vor ihrer so tragisch geendeten Beziehung.

"Macht euch keine Gedanken! Babette ist bei mir gut aufgehoben."

Erichs Mutter hatte die Kleine auf den Arm genommen und gab ihr, wie um ihre Worte zu bestätigen, einen dicken Schmatz auf die Wange.

Doch Babette war abgelenkt, denn ihr kamen die hastigen Handreichungen der Eltern nicht geheuer vor.

Zwei abgewetzte Koffer, die schon viele Reisen erlebt hatten, lagen aufgeklappt auf dem Bett, und Erich füllte sie mit dem, was Maria ihm reichte.

"Also, für vierzehn Tage kommen wir mit der Unterwäsche nicht aus", stellte Maria nach Abzählen der einzelnen Stücke fest.

"Du kannst doch dort, wo ihr wohnen werdet, schnell mal was im Waschbecken auswaschen", beruhigte sie die Schwiegermutter.

Als Erich beim ersten Koffer eine Schließprobe machte, sprang, trotz Draufsitzens, immer wieder eines der Schlösser auf.

"Tja - und nun?"

Maria lachte gekünstelt. "Jetzt weiß er sich wieder im Hintern keinen Rat! Einen neuen Koffer können wir nicht kaufen. Da!" Sie warf ihrem Mann einen Lederriemen hin, den sie aus dem Schrank geholt hatte.

"Aber das ist doch mein Gürtel!"

"Hast du ihn schon mal getragen? Nein. Also nimm ihn zum Zubinden!"

Eine Nacht und über einen halben Tag für eine Strecke von vierhundert Kilometer! Jeweils umsteigen in Dresden, Leipzig, Erfurt und Grimmenthal.

Maria und Erich fuhren in ihren ersten Gewerkschaftsurlaub nach Thüringen.

Endlich eine andere Landschaft, endlich eine andere Luft. Alles dörflich und geruhsam.

Es war wie verspätete Flitterwochen.

Erich konnte die ersten Nächte nicht so schnell einschlafen, weil er das vertraute Quietschen der Straßenbahn vermißte, und Maria wollte den Gastleuten am liebsten im Haushalt helfen, weil ihr die Freizeit zu ausgedehnt erschien. Sie tat es dann zwar nicht im Haushalt, aber sie nahm die erste Gelegenheit wahr und half auf den Wiesen beim Heuwenden.

Eine Beschäftigung gehörte für sie einfach zur Erholung, und sie wäre mit dem angebotenen Freizeitprogramm allein nicht zurechtgekommen. Zumal die Tanzabende hier ganz anders verliefen. Stets mit Erich an ihrer Seite war sie sicher, kaum aufgefordert zu werden. Und Erich war nun mal kein toller Tänzer. Da schon lieber Heuwenden oder Kühefüttern.

Erich erkundete indes die Umgebung.

Der Bleßberg mit seinem Aussichtsturm hatte es ihm besonders angetan. So wie die Landeskrone für Görlitz, so war der Bleß der Hausberg der Sachsenbrunner. Von ihm war es bei günstigem Wetter möglich die Veste Coburg zu sehen. Ein Blick in das gepriesene Land, das hier zum Greifen nah schien.

Erichs Neugier erwachte. Wie weit war es zur Grenze? Und wie sah diese aus?

Nach einem gehörigen Fußmarsch war für ihn bei Schalkau die Welt zu Ende.

Es hatte mit Warnschildern begonnen und endete an einem Stacheldrahtzaun. Sperrgebiet hieß das Land bis zur eigentlichen Grenzsicherung, und da kamen nur Bauern mit Sondergenehmigung hinein.

Eiserner Vorhang!

Erich bekam das Gefühl, beobachtet zu werden. Bereit zur Umkehr stand er plötzlich zwei Soldaten gegenüber.

"Dürfen wir mal Ihren Ausweis sehen?"

Das klang freundlich und ruhig, und Erich hatte natürlich pflichtgemäß seinen Ausweis stets bei sich.

Er verstand nur nicht, warum die beiden seinen Ausweis so lange betrachteten. So viel gab es doch gar nicht zu lesen. Der Ton wurde aber dann nach einigen Hin- und Her-blättern amtlicher.

"Was wollen Sie eigentlich hier in dieser Gegend? Sie zeigen ein auffälliges Interesse für den Grenzzaun."

"Ich bin FDGB-Urlauber."

Einer der Soldaten ließ jetzt den zugeschlagenen Ausweis auf seine Handfläche pat-schen und versuchte Strenge und Wichtigkeit in Blick und Ton zu bekommen.

"Gut ausgedacht! Nur haben wir hier an der Grenze keine Urlauber. Wenn Ihnen nichts Besseres einfällt, müssen wir Sie mitnehmen."

Erich kramte nervös in seinen Taschen. "Ich habe meine Essenmarken bei mir. Über-zeugt Sie das?"

Die Soldaten besahen sich die Papierschnipsel in der Größe einer Kinokarte und waren nicht sonderlich beeindruckt.

"Die können Sie ja auch gefunden haben. Wo ist denn Ihr Quartier?"

"In Sachsenbrunn. Die Ferienleitung befindet sich im Gasthaus zur Linde."

Zögern und immer noch Zweifel in den Gesichtern der Grenzsoldaten.

"Es wird besser sein, Sie kommen mit uns mit."

Erich blieb keine Wahl, nachdem er auch seinen Ausweis nicht zurückbekam.

Nach einem kurzen Weg kamen sie an eine Baracke, vor der ein Mannschaftswagen stand, und einige Soldaten herumlümmelten, die scheinbar nicht wußten, was sie tun sollten.

Im Raum einige Spinde, ein Waffenschrank, an einem Wandtisch Funkanlage und Te-lefon und um einen großen runden Tisch ein paar Stühle. Eine zweite Tür wies auf einen Nebenraum hin.

Erich wurde zum Sitzen aufgefordert. Kurzes Getuschel im Hintergrund und dann die Frage eines Unteroffiziers: "Zur Linde heißt Ihr Gasthaus?"

Erich begann sich aufzulehnen. "Sie haben nicht nur meinen Ausweis, Sie haben auch meine Essenmarken in der Hand, und da steht es drauf."

Der Blick des Uniformierten wurde stechend. "Sie schätzen Ihre Lage nicht richtig ein. Es wäre besser, Sie antworten ohne jeglichen Kommentar!"

Darauf ging er zum Telefon, wählte und sprach dann so leise, daß Erich nichts verste-hen konnte.

Schon nach wenigen Augenblicken knallte der Hörer auf die Gabel, und der Unteroffi-zier blieb noch für Sekunden über den Apparat gebeugt, so als müßte er sein weiteres Vorgehen überlegen.

"Wir werden Ihre Personalien aufnehmen und diesen - diesen Grenzvorfall protokollieren. Kann durchaus sein, daß es noch ein Nachspiel für Sie hat. Obwohl - Ihre Zugehörigkeit zur Urlaubsgesellschaft ist bestätigt worden." Und mit einem breiten Grinsen: "Wir werden Sie trotzdem nicht allein zurücklaufen lassen. Könnte ja sein, daß wir Sie sonst von einem anderen Grenzabschnitt auflesen müßten."

Für Erich war es peinlich, von Grenzsoldaten am Urlaubsort abgesetzt zu werden.

"Daß du doch immer auffallen mußt!" empörte sich Maria, die gerade zum Abendessen wollte.

"Aber laß dir doch erklären - "

"Spar dir deine Erklärungen! Merkst du nicht, daß wir hier Spießrutenlaufen?"

Sie zischelte es und versuchte verschämt lächelnd einen freien Tisch anzusteuern.

Und als sie dann saßen, wagte sie es nicht, sich umzuschauen.

"Am liebsten würde ich aufstehen und nach Hause fahren."

"Aber du mußt mich doch erst einmal anhören", beharrte Erich.

"Ich will jetzt hier nicht dikutieren! Bloß weil du wieder Mist gemacht hast, sitzen wir hier auf dem Präsentierteller! Benimm dich doch endlich einmal wie ein Familienvater und nicht wie ein Schuljunge!"

"Ja aber - "

"Ändere dich ja!"

Dann kamen zwei Regentage.

Maria und Erich lasen, faulenzten und kamen sich näher als bei schönem Wetter, bei dem oft jeder seine eigenen Wege gesucht hatte.

Schwacher Protest, als Erich schmuste und langsam begann die Knöpfe von Marias Kleid zu öffnen.

"Was? Jetzt am hellen Tag?"

"Warum nicht? Hast du nicht immer gesagt, du wärest eher bereit dazu, wenn du mal all die Alltäglichkeiten von dir wegschieben könntest? Wenn nicht hier und jetzt, wann dann?"

"Dann mach wenigstens die Fensterläden zu!" wand sie sich, als wäre sie in eine Falle gelaufen.

"Also - wenn ich die schließe, dann weiß jeder, was wir vorhaben. Zier dich doch nicht so!"

Spannung und Nachgeben und immer wieder Spannung und Nachgeben. Für beide war es plötzlich ein viel zu kurzer Urlaub. Aber die Sehnsucht nach Babette und den Lieben zu Haus erleichterte dann doch den Abschied.

Bei einem bunten Abend versprach ein Funktionär, daß die Partei in Zusammenarbeit mit dem Freien Deutschen Gewerkschaftsbund alles tun werde, um weiterhin durch solche Urlaubsprogramme die Schaffenskraft ihrer Werktätigen zu erhalten.

"Hatten Sie Fluchtgedanken?"

Diese Frage kam direkt und unvermittelt, nachdem vorher nur um den heißen Brei herumgeredet worden war.

Erich hatte den Urlaubsvorfall vergessen, als dann doch noch eine Vorladung ins Haus geflattert kam.

"Überlegen Sie gut! Von diesem Vernehmungsprotokoll hängt es ab, ob wir die Sache dem Staatssicherheitsdienst übergeben!"

Was gab es bei dieser Art der Fragestellung schon zu überlegen? Selbst wenn Erich damals solche Gedanken gehabt hätte, blieb ihm doch nun keine Wahl.

Der Fragesteller, ein Polizist der Wache, wollte ihm offensichtlich eine Hilfestellung geben, wollte ihn warnen vor unbedachter Hitzigkeit, deren Folgen von ihm besser einzuschätzen waren.

"Ich habe keine Grenze überschritten - ja nicht einmal den Versuch gemacht. Woher sollte ich denn wissen, daß ein Spaziergang am Rande des Sperrbezirks als Drama gewertet wird?"

"Auffällig erscheint zumindest, daß Sie sich vom Urlaubsprogrammm abgesondert hatten."

"Also gut. Ich hatte mich abgesondert, und ich bin vielleicht auch ein Außenseiter. Was ist daran strafbar?"

"So, wie Sie es darstellen, nichts. Man schlußfolgert allerdings in solchen Fällen, daß Außenseiter auch gesellschaftspolitisch nicht in der richtigen Reihe stehen. Halten Sie das für abwegig?"

Erich hatte wohl vernommen, daß dieser Polizist m a n für Partei und Staatssicherheit sagte.

"Hören Sie!" kam es nun fast vertraulich. "Ich will Sie nicht überreden, in die Partei einzutreten - aber irgendwelche Aktivitäten Ihrerseits, die Sie auf die richtige Seite rücken würden, könnte ich nur empfehlen."

"Und wie soll das aussehen?"

"Mein Gott! Wie soll das aussehen?! - Beteiligen Sie sich an freiwilligen Aufbauschichten, oder ergreifen Sie bei Versammlungen und Kundgebungen das Wort für unseren Staat."

"Eine Art Rehabilitation?"

"Nennen Sie es, wie Sie wollen. Auf alle Fälle bekäme erwachtes Mißtrauen keine neue Nahrung. Aber wie gesagt, das ist mein ganz persönlicher Rat. Was Sie daraus machen, ist Ihnen überlassen."

Ein erhobener Zeigefinger aber noch keine unmittelbare Gefahr.

"Übrigens - Sie sind doch verheiratet, haben Familie?"

Erich nickte nur.

"Ich würde sagen, das ist doch ein Grund mehr, sich am Riemen zu reißen. Ich denke, wir haben uns verstanden?!"

Erich hatte verstanden. Es galt in Zukunft jede Auffäligkeit zu vermeiden.

In der Nacht vom vierten zum fünften Juli 1958 unbemerkt, und für die meisten im Schlaf, stieg wieder einmal das Wasser der Neiße.

Es mußte im Isergebirge, dem Quellgebiet des Grenzflusses, mächtig geregnet haben, denn weite Teile der Gebiete zwischen Hagenwerder und der Stadt waren überflutet, und der Wasserspiegel stieg weiter an.

Viele Straßen endeten im Wasser, und Schilder und Markierungen des Grenzverlaufs waren nicht mehr sichtbar, und die vorgerückten Posten der Polen mußten sich zurückziehen.

Tiefhängende Überlandleitungen und die noch auf Holzpfählen geführten Telefonleitungen waren gefährdet.

Dann ging das Licht aus, und wer um diese Zeit noch nicht im Bett lag, der mußte raten, ob es eine ganz normale Stromabschaltung oder ein Defekt im Umspannungswerk hätte sein können. Ein Blick aus dem Fenster überzeugte dann, daß nirgends Licht zu sehen war, und der Schaden nicht an der Haushaltssicherung liegen konnte.

Verwünschungen wurden ausgestoßen, und die Suche nach Kerzen und Taschenlampen war nicht immer erfolgreich.

Als sich die Ursache dieser Auswirkungen am nächsten Morgen herumgesprochen hatte, liefen alle, die Zeit erübrigen konnten, an die Grenzen der Süd- und Oststadt.

Durch mitgeführtes Erdreich war das Wasser braungefärbt, und an jedem aus dem Wasser ragenden Hindernis stauten sich Zweige, Äste und oft auch Latten und mitgerissene Zaunteile.

Elma und Gert hatten dieses Schauspiel fast vor der Haustür, denn schon wenige Schritte die Neißstraße abwärts war die Uferstraße zum See geworden, und auch hier säumte angeschwemmtes Treibgut die neue Wassergrenze.

Gert fand Wurfgeschosse am dümpelnden Wasserrand und schleuderte diese wie Handgranaten ins schnellziehende Wasser und auf einen Grenzpfahl, den es schräggestellt hatte und freute sich kindlich, wenn er ihn traf.

"Bist du verrückt? Wenn die Polizei das sieht, kriegst du Ärger!"

Elma stierte dabei auf die Fluten, als hätte sie einen neuen Erdteil entdeckt.

"Du bist schon eine dumme Gans", stellte Gert unbeeindruckt fest. "Glaubst du wirklich, hier kommt plötzlich ein Polizist angeschwommen?"

Beide lachten.

"Du schwänzt heute deine Arbeit", meinte Gert beiläufig, aber Elma wurde gleich wild.

"Du machst mir Spaß! Ich müßte d a durch!" Dabei deutete sie auf die Straße, die jetzt unter Wasser lag. "Meinst du, ich mache riesige Umwege und weiß dann noch nicht einmal, ob ich überhaupt bis zur Mästerei durchkomme?"

"Arme Schweine!"

"An mich armes Schwein denkt auch keiner! Und überhaupt! Du bist ja auch nicht in der Arbeit. Und deine Hefefabrik liegt bestimmt nicht im Wasser."

"Ich habe mit einem anderen Heizer die Schicht getauscht. Das ist alles."

Gert warf weiter Knüppel, und Elma wollte unbedingt mit den Füßen ins Wasser.

"Hör auf mit dem Quatsch! Das Wasser ist dreckig, und der Rand ist glitschig."

Und weil er Elmas trauriges Gesicht sah, lenkte er ein. "Wir können ja ins Freibad gehen."

"Mit meinem alten und scheußlichen Badeanzug? Den haben vor Jahren schon die älteren Schwestern getragen."

"Und warum kaufst du dir keinen neuen?"

Elma lachte verächtlich und machte eine wegwerfende Handbewegung.

"Weil du wahrscheinlich dein ganzes Geld für Schnickschnack ausgibst", bohrte Gert.

Elma richtete sich auf und betonte jedes einzelneWort.

"Weil es für mich keine passenden Badesachen gibt! Das, was da noch in den Warenhäusern zu finden ist, da kannst du in jedes Teil zwei großarschige Madgas reinstekken!"

Aufregung bei Frieda.

Ihr Mann Ernst hatte sich in den Westen abgesetzt und wollte die Familie nachholen, sobald Arbeit und Wohnung es erlauben würden.

Nun saß sie da mit zwei kleinen Mädchen und konnte nur hoffen, daß alles gut ging.

Den "Aufsteigern" in der Familie war das nicht recht, denn nun gab es eine Verbindung in den Westen, die für jede Karriere zu einer Belastung werden konnte.

Werner, Gerlindes Mann und angehender Ingenieur, hatte dem Fahnenflüchtigen noch geraten, durch entsprechende Schulung im Staat der Arbeiter und Bauern einen Aufstieg zu erstreben.

Ernst soll da nur die Schultern gezuckt und erklärt haben: "Eure Ideologie kann ich nicht essen!"

Sollte nun Frieda mit den Kindern in den Westen übersiedeln, würde es zu echten Kontaktschwierigkeiten kommen, denn Hugo wie auch Werner waren Geheimnisträger, denen ein Briefwechsel mit dem Westen nicht gestattet war.

Mama Baikowski war nie eine Aussage zu entlocken gewesen, aus der eine Einstellung zum Staatsgefüge hätte abgeleitet werden können. Durchkämpfen, egal wo man sich

aufhielt, das war ihre Devise, und übertragen auf ihre Töchter hieß es, den Selbstbe-
hauptungstrieb auch am Partner ausprobieren.

Spannungen wurden nicht vom Trotz bestimmt, sondern sie waren das Resultat einer
angenommenen Instinkthaltung, die ihnen eingab, es müsse um jeden Preis gekämpft
werden.

Und jeder der Schwiegersöhne versuchte auf seine Art mit diesem Umstand fertig zu
werden. Für mißlungene Versuche gab es ja Mama Baikowski. Bei ihr konnte man
klagen, und bei ihr konnte man sich ausweinen.

"Mama? Kann ich heute bei dir schlafen? Erich benimmt sich unmöglich! Er ist grund-
los eifersüchtig, nur weil ich ab und zu mal tanzen gehe."

"Und? Ist das für dich wirklich so notwendig?"

"Ja aber - was habe ich denn sonst? Ich bin doch noch jung. Außerdem gehe ich heute
gar nicht weg. Ich möchte nur sehen, ob er mich sucht und mich vielleicht hier holt."

"Ehrlich gesagt, ich verstehe diese Kinderei nicht."

"Ach Mama! Hier bei dir ist er ja auch immer zuckersüß. Aber glaube mir, ich kenne ihn
besser."

"Dann liebst du ihn also gar nicht?"

Maria schwieg einen Augenblick, als hätte sie diese Frage hier nicht erwartet.

"Doch!" entschied sie dann leise aber bestimmt. "Er soll sich doch nur etwas ändern."

"Es gibt keinen Mann, der vollkommen ist. Hauptsache er sorgt für die Familie."

Die Mutter war gedanklich aufgewühlt und brauchte erst einmal ihre typischen Luft-
schnapper, um das, was sie sagen wollte, auch formulieren zu können.

"Weißt du, Mädchen, - ich glaube, du suchst etwas, das es gar nicht gibt. Ich habe in
jungen Jahren auch gedacht, manches zu verpassen. Aber ich weiß nicht, wo ihr heute
sein würdet, hätte ich jeder Regung nachgegeben."

Plötzlich war Mama Baikowski wieder in Ostpreußen, und sie erzählte Geschichten aus
einem Land, das für Maria nur noch eine vage Erinnerung war.

Das steinerne Meer der Großstadt machte die sommerliche Hitze fast unerträglich.
Überfüllte Bäder und überhitzte Gehsteige, die selbst für die barfuß laufenden Kinder
nicht mehr angenehm waren.

Auch das Essen wollte nicht schmecken wie sonst, stattdessen wurden Eisdielen ge-
stürmt, und jedes Kind schleppte eine Sprudelflasche mit sich herum.

Aus der Kühle der Hausdurchgänge heraus war das Flimmern der Luft auf der Straße
zu sehen, und die schattigen Parkbänke waren von älteren Leuten besetzt, die kurzat-
mig und schlapp neidisch auf die sich schneller bewegende Jugend blickten.

Die Luft stand still, und auch die geöffneten Fenster brachten nachts in den letzten Au-
gusttagen keine Kühlung.

Die Görlitzer Festtage waren für die Zuschauer der vielen Freilichtdarbietungen mindestens so anstrengend wie für die Akteure selbst. Chöre und Tanzgruppen der Russen sowie der Jungen Pioniere bemühten sich Freude und Temperament zu verbreiten, aber der Applaus kam spärlich, zumal jeder das Programmheft als Fächer benutzte und die Hände gar nicht frei hatte.

Ein Gewitter wäre die Rettung gewesen für die erhitzten Gemüter, weniger allerdings für die Festspielleitung, die ja in der Presse von einem gelungenen Wochenende lesen wollte, und daß es wieder zu einer Verbrüderung mit den Sowjet-Soldaten gekommen war.

Alle wollten sie bei Mama Baikowski zur Kaffeezeit gemütlich beisammen sein und danach einen Spaziergang zur Stadthalle machen.

"He! Warum klebt dein Gesicht so?" wollte Gert von Klein-Michael wissen, der ihn freudig abgeküßt hatte.

"Ich mußte ihm unbedingt auf dem Weg hierher eine Zuckerwatte kaufen, er hätte sonst keine Ruhe gegeben."

Vera ließ sich schlapp auf das Sofa fallen und meinte, als sie den gedeckten Tisch sah: "Ich kann jetzt keinen Kaffee trinken. Mir jagt es so schon den Schweiß aus allen Poren!"

"Aber i c h habe Durst!" bekannte Michael.

"Kein Wunder, wenn du so ein klebriges Zeug gegessen hast. Da hätte ich auch Durst. Na komm!"

Mama Baikowski nahm den Jungen an die Hand. "Wir werden deine Schnute waschen, und dann kannst du einen Sprudel trinken."

Vera schloß erschöpft die Augen, während sie von Gert eingehend gemustert wurde. Ihre Warze an der Wange erschien ihm heute größer als sonst, sie wirkte aufgedunsen und roch nach Schweiß. Und wie sie da so kraftlos auf dem Sofa hing, formten seine Gedanken die Begriffe "schlampig" und "alt", was ihn erschreckte, denn es war für ihn eine ganz neue Betrachtung.

Gleich würden seine Schwestern sonntäglich zurechtgemacht hier ankommen, und er empfand den Kontrast, den Vera heute bot, als peinlich.

Als sie obendrein noch zu nörgeln begann: "Wie kann man bei der Hitze Bier trinken?!" nahm er trotzig einen erneuten Schluck aus dem gefüllten Glas und wollte eigentlich etwas sagen, als er einen stechenden Schmerz im Kopf verspürte, der ihn ruhig und bewegungslos machte.

Viele Görlitzer wollten in der Nacht vom vierten zum fünften September 1958 ein Nordlicht über der Stadt gesehen haben.

Zweifler fanden in den Medien die Bestätigung, und namentlich ältere Leute schrieben diesem Phänomen nahendes Unheil zu, denn es hätte immer Kriege oder Naturkatastrophen angekündigt.

Die aufgeklärten Zeitungsschreiber gaben sich alle Mühe, dem zu widersprechen, doch war gegen einen festsitzenden Aberglauben nur schwer anzukommen.

Selbst Erichs Mutter und auch Mama Baikowski machten ein bedenkliches Gesicht und waren da einer Meinung: "Das bedeutet nichts Gutes! Wartet nur ab!"

Aber am sozialistischen Himmel durfte es nichts Unerklärliches geben, und so taten die Anhänger esoterischer Gedanken gut daran in ihrem Schmollwinkel zu bleiben, wollten sie öffentliche Brandmarkung vermeiden.

Zum anderen ließ sich eine solche Erscheinung ja auch schlecht in einen Fünfjahresplan einordnen; es sei denn, es wäre die Form von Hammer und Zirkel zu erkennen gewesen. Dann - ja dann hätte auch der Himmel sein Soll erfüllt und wäre fortan ein Verbündeter gewesen.

Das billigste Freizeitvergnügen war und blieb das Kissen auf der Fensterbank.

Alle Altersgruppen beteiligten sich da am stundenlangen Beobachten der Menschen auf der Straße, solange die Temperatur ein geöffnetes Fenster zuließ, und dieser September war noch sommerlich warm.

Mama Baikowski wäre das nie eingefallen, und ihre Töchter fanden es langweilig.

Eine Ausnahme machte Maria, die dazu allerdings die Gesellschaft ihres Bruders Gert brauchte, um sich über die Leute unter ihnen ein wenig zu belustigen.

Gert mußte nur immer davon abgehalten werden, zusammengerollte Papierschnitzel oder Obstkerne auf die nichtsahnenden Leute zu werfen.

Jeder, der zu dick oder zu dünn war oder sich merkwürdig bewegte, bekam ungebetene Kritik aus hoher Warte.

Eine Sorbin, die drei kleine Kinder hinter sich her zog und durch das Tragen mehrerer Röcke übereinander ein fülliges Aussehen hatte, forderte Gert zu der Bemerkung heraus: "So wirst du mal aussehen, wenn du drei Kinder hast."

Jeder andere, der Maria soetwas unterstellt hätte, wäre mit eiskalter Verachtung gestraft worden. Nicht so bei Gert. Der bekam zwar einen Klaps auf den Hinterkopf, aber dann lachten beide.

Ein Mann in Arbeitskleidung stand unschlüssig vor dem Lokal "Bürgerstübel" und bohrte mit beiden Händen in seinen Hosentaschen.

"Gleich wird er sein Geld zählen, wenn er noch welches hat."

Er tat es und verschwand im Lokal.

"Was sind das bloß für Männer!" entrüstete sich Maria. "Statt nach der Arbeit zur Frau und den Kindern zu gehen, lassen sie sich in der Kneipe vollaufen!"

"Vielleicht hat er weder Frau noch Kinder", gab Gert zu bedenken.

Der so kritisierte Fremde stand auch unerwartet schnell wieder auf der Straße, riß eine Packung Zigaretten auf und ließ das Papier achtlos hinter sich herflattern.

"Gib es zu! Du hast ihm Unrecht getan!" grinste Gert.

"Ach was! Es gibt genug solche Männer!" wischte Maria den Einwand fort.

Gert stieß seine Schwester mit den Ellenbogen an.

"Schau dir die Rotznase an!" Dabei streckte er seinen Arm in Richtung eines gegenüberliegenden Hauseingangs.

Dort pinkelte ein kleiner Junge ohne sich umzuschauen in den Hausflur. Gerts schriller Pfiff erschrak den Jungen derart, daß der Rest seines Geschäfts, das er nicht so schnell hatte stoppen können, ihm über Bein und Schuhe lief.

Maria verließ den Fensterplatz und hielt sich den Bauch vor Lachen, dabei probierte sie mehrere Stühle aus und kniff die Beine zusammen, als wäre sie bereit zu dem, was sie eben hatte ansehen müssen.

In solchen Augenblicken war sie wieder das kleine Mädchen, das mit ihrem Bruder irgendwo an der Alle einen Kinderstreich beging.

Nachdem sie sich wieder beruhigt hatte, stellte sie fest: "Jungens sind doch Ferkel! Kein Mädchen würde so etwas tun."

"Dann bin ich also ein Ferkel?" wollte Gert wissen.

"Na klar! Vor allem dann, wenn du von oben herunterspuckst in der Freude, es könnte jemand abbekommen."

Dann standen sie wieder am Fenster, und Maria sah ihren Bruder wortlos auf einen imaginären Punkt starren.

"He! Träumst du? - Du warst ja schon immer ein großer Grübler, aber in letzter Zeit übertreibst du ein wenig. Hast du Sorgen?"

Er grinste schon wieder. "Hast du keine?"

"Warum willst du eigentlich Vera nicht heiraten?"

"Kannst du dir Mama mit Elma allein vorstellen?"

"Aber du kannst doch nicht auf Dauer Verantwortung auf zwei Seiten verteilen. Wo ist Mama eigentlich?"

"Wieder beim Arzt. Angeblich bekommt sie Bestrahlungen. Mehr ist von ihr nicht zu erfahren."

"Meinst du, sie verheimlicht uns etwas?"

Hilfloses Achselzucken.

Von Lenin war bekannt, daß er gesagt haben soll: "Von allen Künsten ist die Filmkunst für uns die wichtigste, weil sie die Massen erreicht."

Die ausverkauften Häuser bei den wenigen westlichen Filmen, die gezeigt werden durf-

ten, waren den Regimetreuen zwar peinlich, aber sie bauten einen kleinen Trick mit
ein, um den Schaden zu begrenzen. Und dieser Trick war denkbar einfach.

Ein Film vom Klassenfeind wurde mit einem politischen Vorfilm gekoppelt, während
man linientreue Filme mit teilweise sehr schönen Naturfilmen versüßte.

Zehn Minuten vor Beginn jeder Vorstellung wurde im Capitol, dem zweitgrößten Kino
der Stadt, noch alte Tradition gepflegt. Während das jüngere Publikum erst zum Haupt-
film erschien, ließen sich die älteren Besucher, wie in den seligen Ufa-Zeiten, von der
Kino-Orgel bereits in ihre Traumwelt führen.

Der braven Verbeugung des Orgelspielers folgte ein dreimaliger Gong, und dann begann das Ritual unerfüllter Tagträume.

Besonders Elma ließ sich kaum einen Film entgehen, und dabei war es für sie belang-
los, ob nach westlichem Muster das arme Mädchen den reichen Unternehmer bekam,
oder aber der Bauarbeiter seine Friseuse oder der Revolutionär seine Mitkämpferin.

Hauptsache sie konnte ungestört träumen, auch wenn es oft nur auf einem Rasierplatz
der ersten drei Reihen geschah.

Nach zwei Stunden, wenn der schwere Vorhang zusammenrauschte, die grellen Lich-
ter angingen, und die verführten Träumer durch die Notausgänge über einen holprigen
Hof ins Freie humpelten, das brutale Erwachen.

Die, die mit Karten in der Hand auf den Einlaß warteten, versuchten dann in den blin-
zelnden Gesichtern der Heimgänger zu lesen, ob der Film sie beeindruckt hatte oder
nicht.

Als Vico Torriani nach Görlitz kam, hatten sich Maria und Erich Karten erkämpft.

Das Wackeln seines Strohhutes vom Bühnenaufgang der Stadthalle genügte schon,
um die sonst so kühlen Görlitzer frenetisch werden zu lassen, noch bevor die erste No-
te umgesetzt war.

Und als die Menge erfuhr, daß ihr Liebling gleich nach diesem Gastspiel zu Filmaufnah-
men in die Südsee reisen würde, war er für sie ein Außerirdischer, und jeder von ihnen
wäre sofort bereit gewesen, sich in einen seiner Koffer zu verstecken, nur um einmal
die Welt aus einer anderen Perspektive sehen zu können.

"Warum erlaubt man eigentlich solchen Leuten hier aufzutreten?" sinnierte Erich nach
der Veranstaltung.

"Was erzählst du da für einen Unsinn? Erlauben! Warum sollen sie es nicht erlauben?"

"Unseren Nationalpreisträgern erlaubt man beispielsweise im Westen zu filmen und hat
nichts dagegen, wenn sie Westmark kassieren, denn man benutzt sie als Werbeträger
für den Sozialismus. Umgekehrt müßten doch aber Stars aus dem Westen zu teuer
sein, wenn man sie nicht als Vorkämpfer der kommunistischen Idee anpreisen kann.
Das wäre ja wohl bei einem Schlagersänger absurd."

"Genau! Absurd!" blitzten Marias Augen. "Willst du mir etwa mit deinem tiefgründigen

Gerede den schönen Eindruck vermiesen? Mir hat es gefallen, und du kannst dir deine Vorträge sparen."

"Mir hat es ja auch gefallen - "

"Na dann such doch nicht immer das Haar in der Suppe! Schau dich mal um!"

Sie hatten sich von der Menge bis zum Ausgang schieben lassen, und Maria zeigte nun in Richtung Bühne.

"Da stehen immer noch begeisterte Leute und klatschen, obwohl der Vico schon längst verschwunden ist. Keiner meckert rum- nur du!"

Während ein losgerissener Plakatfetzen, der noch vom vergangenen Stadtfest kündete, die Neißstraße hinabwehte, spielte auf der Freilichtbühne im Stadtpark eine polnische Bergmannskapelle die Freiluftsaison aus.

Die Bäder hatten schon geschlossen, und die Blumenrabatten vor dem Kaisertrutz waren bereits verwelkt.

Die Frischluftfanatiker ließen noch einige Knöpfe vom Hemd offen, um die noch vorhandene Sommerbräune bewundern zu lassen, und all die unentwegten Beobachter, die sich mit den Ellenbogen noch auf das Kissen auf der Fensterbank aufstützten, mußten jetzt schon eine Strickjacke überziehen, um in ihrer reglosen Haltung den Platz auch genießen zu können.

Jeder Schritt auf dem Straßenpflaster klang wieder härter, und die Tauben suchten nicht mehr so oft das Wasser der Brunnen und der stehengebliebenen Pfützen.

Statt des kalten Sogs gemischter Gerüche, die aus tiefliegenden Hauseingängen und Toreinfahrten gekommen waren, gab es nun den welken Geruch des Abschieds.

Hinter den braunen Holztüren im zweiten Stock der Baikowskis bügelte Elma am späten Nachmittag eine Bluse.

Sie hatte sich dafür eine Schlafdecke über den Tisch gelegt und einen alten Blechteller als Ablage für das Bügeleisen auf einen Stuhl gestellt.

Gert schnitzte an einem Stück Holz herum und jedesmal, wenn Elma ihre Bügelbewegungen auf dem Tisch vollführte, bekam er das gespannte Kabel vor die Nase.

"Mama hat dir so oft schon gesagt, daß du den Tisch nicht zum Bügeln nehmen sollst!"

"Papperlapapp! Ich habe doch nur die Bluse. Du verdreckst die Stube mit deiner Schnitzerei! Und da sagt Mama wohl nichts?"

Sie mußte das Eisen zu herrisch bewegt haben, denn am Gerät zischte ein blaues Flämmchen auf, und der Stecker fiel aus der Dose.

Elma ließ das Bügeleisen fallen und trat entsetzt vom Tisch zurück. Fassungslos starrte sie ihren Bruder an, der geistesgegenwärtig das Eisen auf den Teller stellte.

"Was war das?"

"Du hast jetzt einen Fleck auf der Bluse", meinte Gert nur lakonisch.

"Scheiße! Was mach ich denn bloß? Ich will heute zum Tanzen."

Gert betätigte den Lichtschalter - ohne Erfolg.

"Die Sicherung! Das hat uns noch gefehlt."

"Dann mach doch eine - "

"Dann mach doch eine! Dann mach doch eine!" äffte Gert verärgert. "Die Sicherungen habe ich alle schon mehrmals mit Draht geflickt. Und alles bloß, weil du mit jedem Fummel extra daherkommst! Laß das demnächst von Mama machen!"

"Ach! Jetzt bin ich schuld? Schau dir lieber mal das Bügeleisen an! Das gehört auf den Schrotthaufen!"

"Du kannst ja Mama ein neues kaufen. Schließlich brauchst du es oft genug."

Erbost drückte Elma die Bluse mit dem Brandfleck an die Brust und wurde lauter. "Ich gebe Kostgeld! Und weißt du, was mir da bleibt? Ich will auch etwas vom Leben haben! Warum immer ich?"

"Egoist!"

"Was? Gibst du denn mehr als dein Kostgeld?"

"Ich denke schon. Schließlich kann ich mich bei Vera auch nicht nur so durchfuttern."

"Das ist doch wohl ganz alleine deine Schuld. Heirate doch, dann bleibt alles in der Familie!"

Als Mama Baikowski vom Einkaufen kam, hantierte Gert schon mit einem Schraubenzieher am Bügeleisen.

"Ist es kaputt?"

"Die Kontaktenden sind aneinandergeraten, und es hat einen Kurzschluß gegeben. Die ganze Halterung wackelt aber schon, und das kann wieder passieren. Du brauchst ein neues Eisen."

Mama Baikowski knöpfte sich langsam und nachdenklich den Mantel auf. "Wieso kann es einen Kurzschluß geben, wenn niemand damit bügelt?"

Gert zog die letzte Schraube fest und deutete zur Schlafzimmertür. "Elma mußte sich unbedingt ihre Bluse versauen. Jetzt weint sie auf ihrem Bett, weil sie nicht zum Tanzen kann."

Elma hatte die Mutter kommen hören und erhoffte sich nun mitleidigen Beistand, als sie, nur mit ihrer Unterwäsche bekleidet, ins Wohnzimmer kam.

"Schämst du dich denn gar nicht, so herumzulaufen?"

Die Mutter hatte ihren Mantel über die Lehne eines Stuhls gelegt und sah vorwurfsvoll auf ihre jüngste Tochter, die enttäuscht bewegungslos stehen blieb.

"Hugo hat geschrieben." Gert machte eine Kopfbewegung zur Kommode, auf der ein ungeöffneter Brief lag.

Von zwei Augenpaaren beobachtet las die Mutter, wobei sie mehrmals liebevoll das Papier glättete.

"Hugo heiratet im nächsten Jahr, und er hofft, daß wir dann alle kommen!" Sie sagte es in einem Jubelton, den keiner von ihr kannte.

"Wir fahren an die See?"

In Elma kam Bewegung, und ihre Bluse war vergessen. "Wann?"

"Er hat noch keinen festen Termin. Aber ich würde an deiner Stelle schon anfangen zu sparen, denn die Fahrt gibt es nicht umsonst."

Nein, nichts war umsonst. Aber die Baikowski-Kinder hatten zusammengelegt und der Mutter ein neues Bügeleisen gekauft.

Der Motor einer Häckselmaschine der Landwirtschaftlichen Produktionsgenossenschaft sollte in Reparatur.

Für Erich keine große Sache, denn das Ausbauen konnte er schon allein.

Nach getaner Arbeit aber bekam der Fahrer des Lastwagens sein Gefährt nicht in Gang. Kontakte und Zündkerzen prüfen half nichts, beim Umdrehen des Zündschlüssels war nur ein verstocktes Klicken zu hören.

Der Fahrer schnaubte verärgert tief durch und gab dem Lenkrad einen unverdienten Hieb mit der flachen Hand als Zeichen der Kapitulation.

"Ich muß anrufen!" rief er schließlich, verschwand im Wirtschaftsgebäude der LPG und kam mit der Mitteilung zurück, daß jemand käme, aber es könnte zwei Stunden dauern.

"Wir werden da vorn in der Wirtschaft warten."

Die Dorfkneipe war Erich nicht unbekannt. Ulli, der Sohn des Wirtes, lernte im Görlitzer Schlachthof Metzger, und man sah sich öfter in der Stadt.

"He! Du hast ja richtig Sehnsucht nach unserem Nest."

Ulli stand in Gummistiefeln vor einem Schuppen an der Rückwand des Hauptgebäudes und winkte Erich zu sich.

"Kannst mir helfen, wenn du Zeit hast!"

Der Fahrer verschwand in der Wirtschaft, und die jungen Leute waren allein.

Neben Ulli waren zwei Lämmer an derart kurzer Leine angebunden, daß es für sie unmöglich war, das nahe Gras zu erreichen.

"Hast du schon mal eine Schlachtung mitgemacht?"

"Sag bloß - du willst - ?"

"Na klar! Schwarzschlachtung. Die Bauern kommen dann immer zu mir. - Du hast doch etwas Zeit?"

"Uns ist die Karre stehngeblieben."

"Dann kannst du mir zur Hand gehen. Ich sag dir schon, was du machen mußt."

Erich bekam ein Kribbeln im Bauch und nickte nur.

"Dann kann es ja losgehen. Paß gut auf!"

Er band das erste der Lämmer frei, griff ihm in die Läufe und beförderte es mit einem Ruck in die Seitenlage. Der Strick, mit dem es angebunden gewesen war, wurde zur Fessel für die Vorderläufe und ein zweites Seil, das Ulli bisher am Gürtel getragen hatte, blockierte in Sekundenschnelle die Hinterläufe.

"Da! Faß hier hinten an!"

Obwohl zu zweit, war es für Erich keine leichte Sache, so ein kräftig zappelndes Tier zu tragen.

"Hier auf die Wanne muß es!"

Was Ulli da als Wanne bezeichnete, war einfach nur ein Sägebock, auf den sie das Tier in Rückenlage legten. Sein Kopf, ängstlich nach oben zuckend, hing frei.

"Paß auf, daß es in Rückenlage bleibt!"

Nach dieser Aufforderung band Ulli ein schweres Gewicht, das an einer Eisenkette hing, von der Schuppenwand und ließ es, unter einem Balken schwingend, gegen den Schädel des aufbäumenden Tieres sausen.

Erich, der immer noch die gefesselten Läufe hielt und sich über die enorme Kraft in diesem hilflosen Körper wunderte, sah das Zittern und Verdrehen der Augen nach dem Aufprall des Gewichtes und spürte dann nur noch ein unkontrolliertes Zucken.

Ulli drückte den Kopf des betäubten Tieres nach unten und schnitt ihm die Halsschlagader durch.

Das Blut schoß über die Hände des Schlächters auf den mit Sägespänen ausgelegten Boden und versickerte in der Erde.

Das war alles so schnell gegangen, daß Erich das Tier noch hielt, obwohl kaum noch eine Bewegung erfolgte.

"Das Fell muß runter, solange noch Körperwärme da ist!"

Und während das noch angepflockte zweite Lamm den warmen Blutgeruch aufnahm und vor Angst zitternd seinen Darm entleerte, begann Ulli mit einigen schnellen Schnitten den Abzug des Fells vorzubereiten.

Nachdem das dann geschafft war, gab es zum Abschluß eine Zumutung für Erichs Magen; als nämlich nach einem Senkrechtschnitt die Innereien in eine Zinkwanne klatschten und einen üblen Geruch verbreiteten.

"Nichts für dich, was?" grinste Ulli überlegen.

Ein verbales Eingeständnis hätte doch diesen schlaksigen Kerl nur noch unverschämter grinsen lassen. Erich wollte nur raus aus dem Schuppen. Dabei wäre er beinahe mit dem Fahrer zusammengeprallt, dem die Neugier keine Ruhe gelassen hatte.

"Jetzt seht euch das an!" Ulli deutete auf die Fäkalien neben dem angepflockten Lamm.

"Angeblich bekommen die Tiere vor der Schlachtung nichts mehr zu fressen."

Der Fahrer tatschte dem Tier über die Wolle und fragte: "Mußt du dem da auch noch den Garaus machen? Für eine gute Wurst aus eurem Laden leg ich dir das Vieh gebrauchsfertig aufs Kreuz und helfe dir, es auszunehmen."

"Abgemacht!"

Erfreut über diese Vertretung und verschwinden zu können, rief Erich: "Ich werde drüben in der LPG noch einmal anrufen und fragen, ob sie uns vergessen haben."

Als er erfuhr, daß man immer noch auf ein Fahrzeug warten würde, das kräftig genug zum Abschleppen sei, trottete er ziellos die Dorfstraße entlang.

Die Felder waren abgeerntet und außer einigen Futterrüben, die mit ihren gelben Schalen teilweise aus dem Erdreich ragten, sorgten nur noch ihre großen Blätter für einen grünen Teppich.

Vor einem solchen Feld blieb er stehen und riß aus Neugierde und Langeweile eine der Rüben heraus.

Ein Rascheln im Feld, in dem er eine Katze vermutete, ließ ihm die Rübe in diese Richtung werfen. Nach dem dumpfen Aufschlag wieder ein Rascheln, und übermütig wiederholte er dieses Spiel. Werfen, Rascheln, Werfen, Rascheln.

Etliche Rüben mußten daran glauben, bis er die Sinnlosigkeit seines Tuns erkannte.

Ein Traktor fuhr an ihm vorbei, dessen Fahrer ohne anzuhalten wütend mit der Hand fuchtelte.

Im Wirtschaftsgebäude der LPG erkannte Erich ihn später wieder. Ein wortkarger Mensch, der großgliedrige Eisenketten im Hof in Reih und Glied legte und kaum aufsah, als er angesprochen wurde.

"Wie ich sehe, stehen hier zwei Traktoren", versuchte Erichs Begleiter ihn aus der Reserve zu locken. "Kannst du nicht unseren Wagen in die Stadt abschleppen?"

"Nö!"

"Und warum nicht?"

"Weil jeder Einsatz vom Vorsitzenden bestimmt wird."

"Na, dann frag ihn doch!"

"Nö!"

"Wieso nein?"

"Weil er gar nicht da ist."

"Menschenskind! Was ist das für ein Verein?"

Aber es war außer diesem Dickschädel niemand da, an dem der Fahrer seine Wut hätte auslassen können.

Für Erich war der unfreiwillige Dorfaufenthalt längst in Vergessenheit geraten, als nach Wochen eine Vorladung der Bezirksverwaltung ins Haus flatterte.

"Mutwillige Beschädigung von Volkseigentum" stand als Begründung zu lesen.

"Du bist doch in keinem Volkseigenen Betrieb beschäftigt", wunderte sich Maria. "Was soll das?"

Während Babette seine Beine umklammerte und hochgehoben werden wollte, versuchte Erich seine Gedanken zu ordnen.

"Ohne Grund bekommst du jedenfalls nicht so eine Vorladung", stellte Maria mit einem mißtrauischen Seitenblick fest.

Wenige Tage später saß Erich in der Amtsstube der Bezirksverwaltung einem Parteifunktionär und einem Herrn der Staatssicherheit gegenüber.

Letzterer hatte eine Personalakte unter dem Arm und taxierte den Vorgeladenen mit abschätzenden Blicken.

"Sie wissen, warum Sie hier sind?"

"Ich muß Sie da sehr enttäuschen - "

"Das haben Sie bereits", zog der Wortführer seine Brauen hoch und legte die Akte auf seinen Schoß. "Was haben Sie sich bei Ihrem wütenden Treiben eigentlich so gedacht?"

"Ich verstehe immer noch nicht."

Mit einer unwilligen Bewegung wurde die Akte geöffnet. "Also - ich werde Ihnen jeden überflüssigen Text ersparen - " Der Finger suchte und blieb dann an einer bestimmten Stelle des Textes ruhen.

"Da steht, Sie hätten auf dem Rübenfeld wie ein Geisteskranker gewütet. Wollen Sie dem widersprechen?"

Erich war unfähig zu antworten, zumal er diese Auflösung der Angelegenheit nicht erwartet hatte.

"Naja. Hätte auch wenig Sinn dagegen anzugehen. Wir haben nämlich einen Zeugen. Trotzdem bleibt die Frage, was Sie sich dabei gedacht haben. Wollen Sie nicht wenigstens einen Versuch machen, es uns zu erklären?"

"Ja gut. Ich meine - " Erich geriet ins Stottern, weil es gar nicht so leicht für ihn war, einen unbedachten Streich zu erklären.

"Also - ich dachte, da sei ein Tier im Feld gewesen. Ich hatte jedenfalls etwas gehört."

"Gehört?"

"Ja - ich hatte es nicht gesehen, - ich wollte es eigentlich nur raustreiben."

"Nur raustreiben? Warten Sie - " Der Finger blieb wieder an einer bestimmten Stelle der Aktennotiz hängen. "Mit dreißig Rüben!? Mit dreißig Rüben wollten Sie ein Tier raustreiben?"

Erich fühlte seine Lippen trocken werden.

"Also - ich weiß nicht. Ist die Zahl nicht etwas zu hoch gegriffen?"

Jetzt knallte die flache Hand des Wortführers auf die Akte, und sein Gesicht rötete sich. "Wir sind hier auf keinem orientalischen Basar! Wollen Sie etwa mit uns handeln? Und überhaupt. Wenn ich mir so Ihre Akte anschaue, dann muß ich feststellen, daß Sie in Ausreden nie verlegen waren. Ihr damaliger Grenzgang da - also der liest sich auch nicht gerade sehr überzeugend. Vielleicht wollen Sie ja auch Ihre Wut, daß es damals nicht geklappt hatte, jetzt am Volkseigentum auslassen?"

"Das ist eine Unterstellung!"

Es kam nur eine wegwischende Handbewegung, die besagen sollte, daß es sich nicht lohne, auf diesen Einwand einzugehen.

"Hören Sie jetzt mal gut zu!"

Die Stimme wurde gefährlich leise. "Normalerweise landet so eine Sache vor dem Richter. Und vor dem - hätten Sie keine Chance! Fragen Sie mich nicht, warum wir Ihnen eine geben wollen. Sagen wir, - Sie sollen Gelegenheit bekommen, die Werte des Volkseigentums schätzen zu lernen. Und deshalb werden wir Sie im Frühjahr auf eben dieser LPG zur Feldarbeit verpflichten. Sie können sich dann überzeugen, daß alle Früchte nur mit Schweiß und harter Arbeit zu bekommen sind. Allerdings - " Er beugte sich vor, um die Eindringlichkeit zu unterstreichen. "Allerdings gilt das nur, wenn Sie sich in der Zwischenzeit kein neues Stückchen leisten. Denn dann müßten wir uns an einer anderen Stelle wiedersehen."

Und an den stillen Beobachter gewandt: "Wir können doch so verbleiben?"

Der Funktionär nickte gnädig und meinte: "Als letzte Chance - ja."

Die absolute Grenze im Osten rückte den Horizont näher und unterdrückte jede Weltoffenheit.

Zwar durfte man jetzt schon an der Neiße stehenbleiben, aber so recht vertrauen wollten sich die offiziell "verbrüderten" Staaten trotzdem nicht. Denn wer von Görlitz nach Zittau mit der Bahn fuhr, der mußte ein Kuriosum erleben. Zwischen Ostritz und Hagenwerder lief die alte Streckenführung einige Kilometer durch Polen, und während dieses Transfers wurden die Waggonfenster verhangen.

Wer hatte vor wem Angst? Und warum sollten sich "Freunde" nicht sehen?

Den Verkehr außerhalb der Bahn bestimmten Lastkraftwagen als Zubringer der Industrie, Baufahrzeuge der sozialistischen Großbaustellen, Straßenbahne, Busse und aufgepäppelte Personenkraftwagen aus der Kriegs- und Vorkriegszeit, dazwischen Militär- und einige Mietwagen.

Und da die motorisierte Fortbewegung mehr vom Nutzen als vom Vergnügen bestimmt wurde, gab es Straßen, in die sich nur selten ein Fahrzeug verirrte. Sehr zur Freude der Kinder, die ihren Spielplatz gleich vor das Haus verlegen konnten.

Die Jungen spielten Ball, und die Mädchen malten ihre Hupfkästchen auf das Pflaster.

Die Neißstraße, obwohl nur wenige Meter vom Rathaus entfernt, gehörte zu dieser verkehrsarmen Kategorie. Daß sie nicht übermäßig zum Spielplatz wurde, lag nur daran, daß sie abschüssig war. Hüpfende Mädchen wären hier schnell aus dem Gleichgewicht gekommen, und den Jungs wäre jeder Ball weggerollt.

Einzig den jungen Konstrukteuren von Seifenkisten, mit dem Untergestell alter Kinderwagen, reizte von Zeit zu Zeit die "Todesstrecke" zur rasanten Abfahrt.

Und während für die Vororte Weinhübel und Königshufen Pläne ausgearbeitet wurden, um im Hauruckverfahren nüchterne Einheitsbauten entstehen zu lassen, begann das Verlassen zerwohnter Häuser, die vor Scham blaß und farblos geworden waren.

Verwitterte Inschriften an Hauswänden, die auf einen früheren Laden oder ein früheres Lokal verwiesen.

Es war der Krieg ohne Bomben.

Bei Vera leitete das Backblech noch immer das Regenwasser in andere Bahnen, und Gert flickte die Sicherungen noch immer mit Draht, wenn keine neuen aufzutreiben waren.

Wer nicht auf Wunder warten wollte, der mußte Beziehungen haben, mußte Verkäuferinnen kennen, die ihm etwas zurücklegten, mußte bereit sein sich auch Dinge zu besorgen, die er eigentlich gar nicht brauchte, nur um sie bei passender Gelegenheit in Dinge zu tauschen, die er dann letztendlich gebrauchen konnte.

Beziehungen mußten es auch bei Gerts Arbeitskollegen gewesen sein, der seinen kleinen privaten Alkoholausschank betrieb und nun plötzlich ein Fernsehgerät hatte.

Gert und Erich sahen bei ihm das erste Fernsehen ihres Lebens.

"Dein heimlicher Schnapsladen scheint ja was zu bringen?"

"Naja, ich bekomme den Fusel ziemlich billig." Und mit einem frechen Grinsen: "Eigentlich müßte meine Kundschaft schon längst erblindet sein - bei der Qualität!"

Wie die Mastspitzen eines riesigen Zeltes reckten sich Kirchturmspitzen und die Kuppeln der Stadttürme in den Himmel, und sogar einige kleinere und größere Fabrikschlote boten ihre Hilfe an, um das mächtige aber unsichtbare Zelt mitzutragen.

Nur die Landeskrone, die als erste natürliche Erhebung alles hatte wachsen sehen, schien mitleidig herabzuschauen in dem sicheren Glauben, daß niemand von da unten sie würde je an Höhe überflügeln können.

Etwas geschmeichelt durfte sie schon sein, daß sie den Menschen zuerst eine Straße und später sogar eine Straßenbahnlinie wert gewesen war mit einer Endhaltestelle direkt zu ihren Füßen.

Der Abstand zur Stadt war noch respektvoll, und nur einige Villen standen als unmittelbare Untertanen in ihrer Nähe.

Ob nun Opas und Omis gedankenverlorenen Schrittes den gewundenen Weg durch den Mischwald gingen, oder Kinder und Jugendliche in übermütiger Ausgelassenheit diesen immer eine Biegung voraus waren, dem Vulkankegel war es, als würde sein Fell winzige Streicheleinheiten erfahren.

Und das geschah auch im Winter, wenn die kleinen und großen Schlittenbesitzer sich ihre "Todes- und Teufelsabfahrten" schufen, die nicht nur steil sondern auch mit vielen Bodenunebenheiten ausgestattet sein mußten, damit der Schlitten unter Jauchzen mehrmals in die Höhe fliegen konnte - möglichst haarscharf an den dichtstehenden Baumstämmen vorbei.

Verliebte trafen sich hier zu Mondscheinabfahrten, weil der Bergkegel durch seine Verschwiegenheit auch den Zaghaftesten etwas Mut machte.

Babette schaffte zu Fuß schon beachtliche Strecken.

Mit dem Vater an der Hand war es für sie bei ausgedehnten Spaziergängen ein besonderer Spaß, mit allen möglichen Hunden eine Streichelfreundschaft zu probieren.

"Laß sie doch nicht immer an die Köter ran!" entsetzte sich Maria, wenn sie davon etwas mitbekam.

"Laß ihr doch die Freude! Es ist schön, wenn sie Ängste überwinden kann."

"Bis einer mal zuschnappt! Aber dann sollst du mich kennenlernen!"

"Ich paß schon auf. Außerdem zeigst du ihr ja oft das Gegenteil. Du gehst doch selbst auf jeden Vierbeiner zu, ohne ihn lange zu fragen, ob er dich mag oder nicht."

"Ich bin schließlich erwachsen."

"Und du meinst, das weiß auch jeder Hund?"

"Bei mir schon. Vielleicht spüren diese Tiere, daß ich Härte gewöhnt bin."

"Ja, ja , ja. Laß mich raten, wie es weitergeht. In Ostpreußen bist du mit den Deinen durch die Hölle gegangen. Die Winter waren härter, das Leben war härter. Aber wenn alles so hart war, wieso schwärmt ihr dann in euren Geschichten so von diesem Leben?"

"Ihr? Wer ist ihr?"

"Na du, deine Geschwister und auch Mama - "

Maria lachte gekünstelt. "Das werde ich mal Mama sagen, daß dir unsere Geschichten s o gefallen."

"Also wer verdreht hier eigentlich was? Du legst mir Worte in den Mund, die ich so nicht gesagt habe. Es sind nicht die Geschichten, die mir nicht gefallen, sondern deren Auslegung. Einmal machst du auf milieugeschädigt und ein anderes Mal wird für dich die ganze Sache zum Paradies."

Maria nahm Babette an die Hand, so als hätte sie deren Verstärkung notwendig. "Was weißt du schon?"

"Jedenfalls immer weniger, je verworrener du dich äußerst. Ich kann dir das Paradies nicht geben, von dem da so oft die Rede ist. Aber je mehr ich darüber nachdenke, um so sicherer werde ich, daß es das gar nicht gewesen sein kann."

"Was? Was nicht gewesen sein kann?"

"Das Paradies, mein Schatz. Das Paradies."

Marias Antwort war trotziges Schweigen.

Aber sie klammerten sich weiter an bestimmte Ereignisse und erzählten Geschichten, um überhaupt eine Geschichte zu haben.

Rückblick als Stärkung und Rückblick als Zusammenhalt.

Dieser Flucht in die Vergangenheit setzte Mama Baikowski jedoch den Pragmatismus der Gegenwart entgegen. Kleidung war für sie in erster Linie ein Witterungsschutz und kein Mittel zu Angabe, und in der Woche gab es nun mal kein Sonntagsessen.

Irgendwo lenkte ein Gott alle Wege und Schicksale, und sie sah keinen Sinn darin, diesen Allmächtigen nur in der Kirche zu suchen. Sie war demütig und begehrte nur auf, wenn sie eines ihrer Kinder in Gefahr glaubte.

Ihre Ausdrucksweise war einfach und ihr Tonfall suchend, so als müßte sie aus mehreren Sprachen erst das richtige Wort finden, was bei Erregung besonders holprig klang.

Ihren Gesundheitszustand erklärte sie nach bohrenden Fragen so: "Ich komme eben in das Alter, in dem man sich schon mal eine Unpäßlichkeit erlauben darf."

"Und wofür bekommst du dann regelmäßig Bestrahlungen?"

"Sie tun mir eben gut. Ja, sie tun mir richtig gut."

Die Firma, bei der Erich beschäftigt war, hatte zum Betriebsausflug geladen, und nach einer Wanderung im Oybin und einer Mahlzeit in Zittau fuhr die ausgelassene Gesellschaft mit lautstarken Gesängen im Bus nach Görlitz zurück, wo ein Abend im Weinberghaus den Ausklang bringen sollte.

Hier nun tat Erich etwas, was nur im beschwipsten Zustand bei ihm so locker und unbeschwert möglich war. Er tanzte!

"Ziemlich heiß hier. Finden Sie nicht?"

Die junge Dame, die mit ihm tanzte, spielte sicherlich auf die Schweißperlen an, die ihm von der Stirn liefen.

"Ach wissen Sie, das ist nur etwas ungewohnt für mich, denn ich tanze nicht oft. Um ehrlich zu sein - eigentlich sonst gar nicht."

"Dann sind Sie ja ein Naturtalent!"

Lag da Spott in ihrer Stimme? Mißtrauisch und neugierig musterte er seine Tanzpartnerin genauer.

Anfang zwanzig, langes blondes Haar, dunkler Rock, helle Bluse, weiche Bewegungen und ein aufreizendes Lächeln.

Sie standen sich noch gegenüber, obwohl die Musik schon nicht mehr spielte.

"Lassen Sie mich raten, was Sie jetzt denken - "

Erich wischte sich mit dem Taschentuch den Schweiß von der Stirn und beeilte sich zu sagen: "Ich bin gespannt."

"Nun - Sie überlegen, wer mag wohl die Kleine sein, die Sie noch nie gesehen haben. Stimmts?"

"Treffer! - Aber ich würde gern mal vor die Tür gehen. Mir ist heiß. Und außerdem fallen wir auf, wenn wir hier weiter auf der Tanzfläche stehenbleiben. Oder haben Sie einen Begleiter, auf den Sie Rücksicht nehmen müssen?"

Sie schüttelte nur den Kopf und ging zum Ausgang. Draußen war es bereits dunkel und außerhalb der Eingangslampen nichts mehr zu erkennen.

"Sie sind also nicht in Begleitung und gehören trotzdem hier dazu?"

"Ich gehöre überhaupt nicht dazu. Aber das fällt doch bei einer großen Gesellschaft gar nicht auf."

Sie bewegte sich langsam in die Dunkelheit mit der Gewißheit, Erich würde ihr folgen. Und sie war sich ihrer Sache so sicher, daß sie ihn ansprach, ohne sich umzublicken.

"Also - ich kenne Sie ja bereits, und so brauche ich mich nur vorzustellen. Sagen Sie einfach Renate zu mir."

"Moment, Moment - " Erich war verunsichert, und er versuchte, als Renate sich umdrehte, in ihrem Gesicht zu lesen. Doch außer diesem aufreizenden Lächeln gab es nichts zu lesen. Plötzlich spürte er, daß nur ein Abbruch dieses Gesprächs ihn davor bewahren konnte, eine gefährliche Schwelle zu überschreiten.

Aber er spielte mit dem Feuer und fragte: "Wieso? Woher kennen Sie mich?"

"Noch einmal - ich heiße Renate, und du bist der Erich."

"Das haben Sie - oder das hast du von meinen Kollegen gehört, wenn sie mich angesprochen haben."

"Quatsch!" In ihren Augen funkelte die Straßenbeleuchtung, und Erich war in diesem Augenblick bereit zuzugeben, daß sie eine schöne Frau war.

"Ich bin ein eifriger Theaterbesucher und versäume keine Premiere. Du hattest keine großen Rollen, aber Stimme und Gesicht sind mir im Gedächtnis geblieben. Warum spielst du denn nicht mehr?"

Mit allem hatte Erich gerechnet, nur nicht damit, daß er jemand begegnen würde, der sich an diese Zeit erinnerte.

"Versuche dich doch mal als Hellseherin."

In der Gaststätte war wieder Musik zu hören, aber die beiden gingen langsamen Schrittes immer tiefer in die Anlagen.

"Dazu braucht man, glaube ich, keine hellseherischen Fähigkeiten. Du arbeitest bei der Firma, die hier feiert und hast mit dem Theater nichts mehr am Hut. Eigentlich nicht typisch für jemand, der einmal auf den Brettern stand. Ein halber Weltuntergang muß da im Spiel gewesen sein. Vielleicht eine Heirat?"

"Die bezeichnest du als Weltuntergang?"

"Also doch!" war sie befriedigt über das Resultat ihrer eigenen Gedanken. "Hast du Kinder?"

"Eine Tochter", kam es zögernd, so als wollte er die Auskunft wieder zurücknehmen.

"Tut es dir leid?"

"Was? Was soll mir leid tun?"

"Dein Tausch. Theater gegen Familie."

Ihre Direktheit ließ bei Erich Trotz aufkommen. "Ich finde, das ist kein gutes Verhör."

Sie blieb stehen. "Tut mir leid! Es war dumm von mir und geht mich natürlich überhaupt nichts an. Wirst du mich jetzt zornig stehenlassen?"

Es wäre für Erich eine passende Gelegenheit gewesen, die so knisternde Spannung zu beenden. Sein Zögern ermutigte die Fragestellerin ihm einen Kuß zu geben. Kurz nur, wie der Gutenachtkuß eines Kindes.

Sie mußte wohl gewußt haben, daß dieser Funke genügte, um Erich zum Zupacken zu bewegen.

Widerstandslos geschah, was für beide notwendig schien. Auch daß sie sich danach noch mehrmals trafen, gehörte zu einer von beiden akzeptierten Notwendigkeit.

Als jedoch bei Erich der Sinnesrausch verflog, meldete sich mit Verspätung das Gewissen. Natürlich hatte es ihm gefallen, umgarnt und angehimmelt zu werden und plötzlich wieder wichtig zu sein. Aber eines Tages zu einer Beichte gezwungen zu sein, erschreckte ihn und ließ ihn diesen Ausflug von der Ehe beenden.

Es erfolgte keine Aussprache. Er war nur nicht mehr verfügbar und ließ sich bei Renate nicht mehr sehen.

"Schlürf doch nicht so!"

Elma sah erbost und kampflustig ihren Bruder an. "Kümmere du dich um deine Beine! Glaubst du wirklich, du hättest einen Gang wie ein Filmstar?"

Als Gert darauf nicht reagierte, quängelte sie: "Ich habe Hunger. Wir könnten doch irgendwo eine Bockwurst essen."

"Wenn ich das Wort Bockwurst nur höre, wird mir schon übel."

"Dir ist doch öfter übel. Brauchst ja keine essen."

"Ich werde nach Haus gehen", entschied Gert, der öfter unvermittelt stehengeblieben war. "Mir ist nicht nur übel von deinem ständigen Futtertrieb, ich habe auch Kopfschmerzen."

Vielleicht kam alles von der Hitze des Ofens, an dem er arbeitete. Vielleicht.

Am liebsten hätte er sich auf die nächste Parkbank gelegt oder wäre in einem der Laubhügel gekrochen.

Zu Haus erbrach er seine Unpäßlichkeit unter der zurückgeklappten Klobrille und legte sich dann angezogen auf sein Bett.

Als der Schmerz nachließ, befielen ihn Gedanken, die sich westwärts bewegten. Frieda hatte von ihrem Mann Post bekommen, daß er Arbeit hätte und nur noch eine passende Wohnung suche.

Arbeit und Wohnung schienen demnach im Westen nichts Selbstverständliches zu sein. Trotzdem aber waren alle, die er kannte, da drüben zu etwas gekommen.

Hinderte ihn seine frei von Existenzangst angenommene Bequemlichkeit am Mut zum Risiko? Oder war es die Sorge um Mama; sie nicht einfach alleinlassen zu wollen?

Gert rollte sich auf die Seite, um zu schlafen und Gedanken nicht bis zur letzten Konsequenz denken zu müssen.

Aber sie ließen sich nicht abschütteln. Sie kamen immer wieder.

Renate wollte das Feld nicht kampflos räumen.

Zuerst war es bei Erich die Furcht gewesen, sie im Beisein seiner Frau in der Stadt zu begegnen, aber dann begann sie zu schreiben.

Die ersten zwei Briefe konnte Erich noch abfangen. Der dritte landete prompt in Marias Händen, und den hielt sie ihm unter die Nase, als er von der Arbeit kam.

"Habe ich das verdient?" Sie weinte und warf den geöffneten Brief auf den Küchentisch. "Deine Renate liebt dich über alles!"

Erich stand wie versteinert. Eine vernünftige Überlegung wollte nicht in Gang kommen, und ihm fiel weder eine Antwort noch eine Ausrede ein.

"Daß du dich nicht schämst!"

Und indem sie Babette mit etwas Spielzeug ins Schlafzimmer sperrte, gab sie zu verstehen, daß die Auseinandersetzung erst beginnen sollte.

Sie setzte sich an den Tisch, während Erich noch immer verdattert stand.

"Wie oft habe ich dir gesagt, du sollst dich ändern?! Ich bin unberührt in die Ehe gekommen und habe vorher nie etwas mit einem Mann gehabt. Ich habe beim Tanzen schon mal Spaß mit anderen Männern, aber ich weiß immer, wie weit ich gehen darf.

So jung und so zeitig wollte ich eigentlich nicht heiraten. Gedrängt hattest du doch. Nun haben wir es entgegen aller Warnungen getan und haben ein gesundes Kind. Bist du damit nicht zufrieden? Merkst du denn nicht, daß du mich damit demütigst?"

Für Maria war das eine ungewohnt lange Rede, nach der sie nun mit einem verletzenden Blick auf ihren Mann sah, der noch immer auf einem Fleck stand und zu keinem Wort fähig schien.

"Tu doch nicht so, als könntest du nicht bis drei zählen", wurde sie lauter. "Meinst du, es macht Eindruck auf mich, wenn du wie ein Schuljunge da vor mir stehst? Erzähle mir lieber etwas über deine Renate! Weiß sie überhaupt, daß du verheiratet bist und ein Kind hast?"

Erich nickte schwach und ließ sich nun doch auf einen Stuhl nieder.

"Sie weiß also, daß du verheiratet bist?" Sie lachte höhnisch auf. "Das muß ja eine

Schlampe sein!"

"Es tut mir leid", rang sich Erich endlich ab, und er tastete nach Marias Händen, die sie zusammengefaltet auf dem Tisch hielt. Doch als sie seine Absicht bemerkte, entzog sie ihm die.

"Du denkst, du brauchst nur nach mir zu greifen, und alles ist wieder in Ordnung?"
Sie erhob sich und stieß dabei den Stuhl energisch zur Seite.

"Ab heute kannst du bei deiner Renate schlafen! Ins Schlafzimmer kommst du jedenfalls nicht!"

"Aber ich kann doch nicht - "

"Ach du kannst nicht? Na dann mach dir meinetwegen ein Nachtlager in der Küche. Aber ich warne dich! Solltest du versuchen ins gemeinsame Bett zu kommen, dann packe ich meine Sachen und gehe mit Babette zu Mama!"

Vor Mama in einer Rechenschaftspflicht zu sein, war ein Schreckgespenst für ihn, weshalb er auch gleich treuherzig bekannte: "Es tut mir wirklich leid! Aber du mußt mir glauben, ich liebe nur dich!"

"So? Muß ich dir das glauben? Dieser Renate wirst du es auch gesagt haben. Oh nein! Du hast mir wehgetan, und das kannst du nicht heute oder morgen schon wieder gutmachen."

Jeder war vorbereitet gewesen und hatte gewußt, daß es irgendwann passieren würde. Doch dann ging alles sehr schnell.

Über Nacht verschwand Frieda mit ihren beiden Töchtern in den Westen. Sie hatte sich zwar von Mama noch verabschiedet und ihr einige Hausratsgegenstände gebracht, die sie nicht mitnehmen konnte, aber zu einem Rundgang bei den Geschwistern war keine Zeit mehr gewesen.

Elma hatte noch verwertbare Sachen aus der schnell verlassenen Wohnung holen wollen, doch die Hausgemeinschaft mußte ihre Ohren an der Wand gehabt haben, denn bereits am Tag darauf war die Wohnung schon versiegelt.

Die selbstbewußte und fröhliche Frieda riß schon eine Lücke in die Gemeinschaft derer, die sich regelmäßig auf der Neißstraße trafen.

Und der eingeschworenen Gruppe drohte die nächste Schrumpfung, denn Werner, Gerlindes Mann, stand vor dem Abschluß seines Studiums und sollte danach einen Arbeitsbereich im Großkombinat "Schwarze Pumpe" erhalten und mit der Familie nach Hoyerswerda ziehen.

Insgeheim mußte es Mama Baikowski wohl gefallen, daß zwei ihrer Küken nicht so recht flügge werden wollten, und daß der Wind des Lebens nicht alle von ihrer Seite blies.

Am Rande der Altstadt reckte der Dicke Turm seine Kupferhaube gegen den Himmel und überblickte neugierig auch einen guten Teil der Neustadt.

Im unteren Abschnitt trug er mit behäbigem Stolz das Monumentalrelief des Stadtwappens von 1477, die einzige äußere Glanzstelle, da der Verputz nicht mehr hielt, und der ganze Turm vier bis sechs Meter über dem Boden wie eine gehäutete Wurst aussah.

Ob nun erhaben oder drohend; er markierte, wie es einem Wächter zustand, die Schnittstelle von alt und neu.

Um ihn auch mit Abstand bewundern zu können, boten der Marien- und der Elisabethplatz den nötigen Freiraum.

Manchmal bedeckten in Leiterhöhe Plakate und Transparente einen Teil seiner Hautabschürfungen, und er ertrug es wie ein gutmütiger Opa, dem seine Enkel allerlei Kinderkram angehängt hatten.

Zwei gleich lange Strecken führten von hier zur Neißstraße, auf der Erich heute erwartet wurde.

Der Fall Renate war ausgestanden, und das Familienleben hatte sich wieder normalisiert. Maria wollte bei Mama abgeholt werden, und das hatte geheimnisvoll geklungen.

Eigentlich wohnten die Baikowskis so gut wie allein in dem alten Haus. Es sollte da noch eine Partei geben, aber Erich wunderte sich beim Treppenaufstieg, diese Leute noch nie gesehen zu haben.

Als er die Wohnstube betrat, saßen Mama, Elma und Maria am Tisch und spielten Mensch-ärger-dich-nicht. Babette kniete auf einen der Stühle und durfte zu ihrer Freude für jeden würfeln.

Maria sah zu ihrem Mann auf und meinte selten fröhlich: "Na? Da bist du ja schon. Du mußt gerannt sein. Willst du mitspielen?"

"Oh ja", kreischte Babette, "mitspielen!"

Elma stieß ihre Figuren um und lehnte sich verlegen lachend zurück. "Das macht doch keinen Spaß, wenn man dauernd verliert. Ich höre auf!"

Mama fuhr verärgert mit der Hand über ihre Schürze, und es war ihr anzusehen, daß sie ihrer Tochter am liebsten einen Klaps hinter die Ohren gegeben hätte.

Und wie immer, wenn sie aufgeregt war, sprach sie stockend: "Wenn du nicht mit - mit Betrug gewinnen kannst, dann - dann hörst du einfach auf!"

"Stimmt ja gar nicht!" maulte Elma.

"Und ob es stimmt! Natürlich bescheißt du!"

Maria beendete jetzt ihrerseits das Spiel, indem sie das ganze Brett umkippte. "Es ist besser so. Wir müssen ohnehin gehen."

"Aber Erich ist doch gerade erst zur Tür rein. Außerdem war ich am Gewinnen." Damit schob Mama die Figuren zusammen und meinte zu ihrem Schwiegersohn: "Komm setz dich! Deine Frau hat dir was zu sagen."

Elma und Maria grinsten sich vielsagend an, während Erich überlegte, was es wohl sein könnte. Eine schlimme Nachricht hätte jedenfalls keine so fröhliche Einleitung gehabt.

"Du kannst es dir nicht denken?"

Maria strahlte, und das verwirrte Erich vollends. "Nein."

Elma rückte unruhig auf ihrem Stuhl herum und gab ihrer Schwester einen Klaps auf die Schulter.

"Du bist gemein! Sag es ihm doch!"

"Ich bin schwanger! Wir bekommen noch ein Kind!"

Erich, der alle Augenpaare auf sich gerichtet sah, machte ein erstauntes Gesicht und rief schließlich: "Dann bekommt Babette einen Spielgefährten!"

"Vielleicht wird es ja auch eine Spielgefährtin", gab Mama zu bedenken.

Als Erich seine Eltern von Marias Schwangerschaft unterrichtete, bemerkte er ein seltsames Grinsen seines Vaters, hinter dem der unausgesprochene Satz zu stecken schien: "Na, du wirst dich noch wundern!"

Auf dem Flur rümpfte Erich die Nase. "Das riecht so merkwürdig", und er deutete auf zwei Türen am Ende des Ganges. "Das kommt von da hinten."

"Das ist eine Unverschämtheit!" platzte seine Mutter sofort heraus. "Wir sind schon ganz verzweifelt."

"Was ist geschehen? Habt ihr eine Leiche versteckt?"

In ihrer Erregung vergaß die Mutter ihr Hochdeutsch. "Na die ham da einfach jemand reingesetzt. Der hotte keen Dach überm Kup, weila vorher irgendwo rausgeflogen is. Kunte die Miete nie bezohln. Wir sind nie gefrogt wurn. Das Omt hot do einfach verfiegt. Do is ne läre Kamma, und do kummste rin. Ich meene, ich hob ja nischt gegen den Kärl. Aba so wos vun Dräck! Wenn der lange hier bleibt, da hamma dos scheenste Ungeziefer!"

"N faules Aas is dos!" schaltete sich der Vater ein. "Där is bis jetzt aus jedem Vauebä Betrieb rausgeflog'n. Dos juckt däm garni. Irgendwo müssense dän ja wieda einstell'n. Jetz lungerta bei uns rum. Tut nischt und geht bloß mit'm kleenen Grundlohn heem. Miete zohln dos kennta garni."

Die Mutter wischte die letzten Worte des Vaters mit einer Handbewegung weg. "Ich würde ja gornischt sog'n, aber där steckt seinen ganzen Müll in so'n Kanonenofen. Där is bis ob'n vull, und dos stinkt! Wenn de willst, konnste reingeh'n. Där schließt nie ob."

Der Vater wollte wieder zurück in die Wohnung, drehte sich aber noch einmal um.

"Unser alter Adolf mag ja 'n Lump gewäsen sein, aber sulchen Zigeunern hätte där schun ganz scheen Beene gemacht!"

Die Zwangseinquartierung eines Durchhängers, wie es viele gab.

Vor Schichtbeginn schon standen sie am Kiosk Leipziger Platz oder in der Bahnhofshalle, um sich mit Flachmänner zu versorgen. Denen fiel es nicht im Traum ein, Bestarbeiter oder Aktivist zu werden. Ihre einzigen Träume waren Alpträume, nämlich die, es könnte eines Tages auch zur Flüssignahrung nicht mehr reichen.

Aber es gab ein Recht auf Arbeit, und so kam jeder Gefeuerte durch die Hintertür wieder ins Spiel.

Erichs Eltern würden also mit einem Protest wenig ausrichten, denn für Leute, die in der Mietzahlung nicht verläßlich waren, wurden leerstehende Räume ausfindig gemacht, die sich meist in einem schlechten Zustand befanden und sowieso nicht vermietet werden konnten.

Es hatte Pellkartoffeln mit Brathering gegeben, und Maria zog die zwei unter der Tischplatte verborgenen Schüsseln hervor, um abzuwaschen.

Babette hatte mehrmals den Mund verzogen, weil der Hering sauer war, aber schließlich doch den Teller leergegessen.

Maria goß nun das auf dem elektrischen Kocher angeheizte Wasser in eine der Schüsseln und meinte zu ihrem Mann: "Babette spielt schon ganz gut allein. Du kannst hier abtrocknen!"

"Warum machst du eigentlich immer alles in einer Schüssel? Meine Mutter nimmt die zweite Schüssel zum Spülen."

Erich hatte das so leicht hingesagt, während er mit dem Tuch in der Hand auf das erste Geschirrteil wartete.

"Du mußt mir gerade sagen, wie man abwäscht! Gerade du! Deine Mutter hat dich doch verhätschelt, und ich möchte wetten, du brauchtest nie im Haushalt etwas tun."

Maria hantierte schneller, so als wollte sie das unangenehme Thema beenden.

Aber Erich ließ nicht locker. "Es ist nur - die Teller riechen auch nach dem Abtrocknen noch nach Abwaschwasser."

Maria warf mit energischem Schwung das Besteck ins Wasser, daß es nur so spritzte und stellte sich mit herausfordernder Handbewegung einen Schritt daneben.

"Dann mach du es! Dann kannst du spülen so oft und so lange, wie du es möchtest."

Weil aber Erich keine Antwort gab, tauchte sie ihre Hände wieder kurzentschlossen ins Wasser.

"Dich darf man doch gar nicht ernst nehmen. Ich kann dir nur immer wieder den Rat geben, ändere dich!"

Babette warf ein Bauklötzchen in Richtung Küchentisch, so als wollte sie den Streit auf ihre Weise schlichten.

Weihnachten war beschaulich und ohne nennenswerte Ereignisse vorübergegangen.

Erich hatte sich diesmal sogar durchsetzen können und den Baum von der nahegelegenen Kohlenhandlung in der Löbauer Straße geholt.

Dann kam der Silvestertag 1958.

Die Straßen waren nur gering mit Schnee belegt, aber ein scharfer Ostwind sorgte dafür, daß die unterirdische Wärme der Kanäle diesen weißen Belag nicht schmelzen konnte.

Elma hatte sich wieder eine Extraportion Sauerkraut besorgt, weil sie fest davon überzeugt war, daß dessen Verzehr eine ideale Grundlage für den zu erwartenden Alkoholkonsum abgeben würde.

Gert hingegen bevorzugte trockenes Brot oder Semmel. Gerlinde war mit ihrem Werner in bester Kleidung erschienen. Ihr Mann ließ sich nie zu einer Polemik verleiten und bremste geschickt alle Versuche einer Stellungnahme.

"Ja stimmt, Liebling", war eine seiner häufigsten Antworten, wenn er von seiner Frau angesprochen wurde.

Vera hatte ihren lebhaften Michael mitgebracht, der sich nur mit Gert abgab, die unmöglichsten Fragen stellte und die allgemeine Aufmerksamkeit genoß.

Als Baggerfahrerin auf einer Baustelle kamen Veras männliche Manieren nicht von ungefähr. Sie konnte fluchen wie ein Kanalarbeiter und war trinkfest wie eine russische Offiziersfrau, und Gert hatte Mühe, sie in ihren Ausdrücken zu bremsen, denn Michael hatte ein gutes Gedächtnis für Schimpfwörter und platzte schon mal bei unpassender Gelegenheit damit heraus.

Als Babette mit ihren Eltern erschien, bekamen die Kinder Sprudel und Mohnkuchen und waren damit erst einmal beschäftigt.

Elma schaute eine Weile dieser Krümelei zu und meinte dann: "Mohn soll dumm machen."

"Dann mußt du aber sehr viel davon gegessen haben", grinste Gert und ging auch sofort in Deckung, denn Elma warf ihr Sitzkissen nach ihm.

"Könnt ihr beiden nicht mal Ruhe geben? Müßt ihr euch ständig in den Haaren haben?"

Mama Baikowski war längst daran gewöhnt, und sie sagte es nur, weil Schwiegersöhne und eine angehende Schwiegertochter anwesend waren.

"Dir stecke ich einen Knallfrosch ins Bett!" trumpfte Elma noch einmal auf, bevor der Blick der Mutter noch böser wurde.

Gerlinde umarmte Mama und meinte geheimnisvoll: "Wir haben etwas ganz Feines mitgebracht. Lachsschinken!"

Sie sagte es mit einem Augenaufschlag, als handelte es sich um Goldbarren.

"Werner hat da so seine Beziehungen. Ich mache für alle ein paar schöne Häppchen."

Die Männer griffen zum Bier, und Vera holte einen Kirschlikör hervor, mit dem sie die Frauen schnell überreden konnte.

Mama fuhr sich mit dem Handrücken über die feuchten Lippen und meinte mit Glanz in den Augen: "Von Hugo ist eine Karte gekommen. Er ist mit dem Schiff in Griechenland. Seine erste Auslandsfahrt."

Alle fanden das toll, aber Maria erinnerte daran, daß noch jemand aus der Familie nicht anwesend war. "Hat Frieda schon geschrieben?"

"Ach ja", kam es von Mama schuldbewußt, "da ist ein Brief gekommen, den hat aber Ernst geschrieben. Sie haben jetzt eine Betriebswohnung und viel viel Arbeit. Frieda muß auch mit arbeiten. Naja, - Milch und Honig fließt dort auch nicht, und ich glaube schon, daß sie heute an uns denken werden."

Bevor jedoch Mama Baikowski weinerlich werden konnte, platzte Elma heraus: "Wie wäre es, wenn wir alle in den Westen gehen würden?"

Werner rettete die Verlegenheit der Anwesenden, indem er ruhig feststellte: "Du hast doch gerade gehört, was deine Mutter gesagt hat. Milch und Honig fließt dort auch nicht. Wer bei uns leistungswillig ist, der kommt auch nach oben."

Elma riß die Augen etwas weiter auf, so als erwarte sie noch eine weitere Erklärung, und Gert zeigte sein vieldeutiges Grinsen.

Als die Kinder mit den leeren Sprudelgläsern klapperten, erhob sich Mama um nachzuschenken, und die Schwestern gönnten sich noch einen Kirschlikör.

"Ich glaube, wir könnten jetzt ein paar Brote vertragen", entschied Mama, und Gerlinde stellte sich vor die Kochecke und rief: "Du mußt mir nur eine Schürze von dir geben, Mama! Dann mach ich das schon."

Werner gab sich Mühe, Erich komplizierte Technik zu erklären, sein Lieblingsthema, und Erich heuchelte Interesse, obwohl ihm Technik zuwider war.

Als dann jeder sagen sollte, was er sich im neuen Jahr vornehmen wollte, wurde es lebhafter.

"Tja nun", resümierte Gerlinde, "bei uns ist alles klar. Wir werden nach Hoyerswerda ziehen. Ziehen müssen! Da können wir uns kaum irgendwelche anderen Dinge vornehmen."

"Ja stimmt, Liebling", bekräftigte Werner, der sich seine Hosenbeine etwas hochzog, damit die Bügelfalte durch das lange Sitzen nicht strapaziert würde.

"Ich wollte eigentlich mit dem Rauchen aufhören", meinte Vera und zerdrückte im gleichen Augenblick einen Zigarettenstummel im Aschenbecher. "Aber bei uns am Bau rauchen alle, und so werde ich es wohl nicht schaffen."

"Warum nimmst du dir dann erst etwas vor, wenn du jetzt schon weißt, daß es schiefgeht? Finde ich albern!" erboste sich Gert.

"Naja, also wie ich dich kenne, hast du überhaupt keine neuen Vorsätze", konterte Vera. "Du läßt doch am liebsten alles so treiben."

"Zumindest mache ich mir selbst nichts vor."

"Wir bekommen im nächsten Jahr Nachwuchs, und da brauchen wir uns wirklich keine zusätzlichen Gedanken zu machen. An ein Aufhören mit dem Rauchen habe ich noch nie gedacht. Ich rauche seit meinem achtzehnten Lebensjahr, und ich habe nicht die Absicht, daran etwas zu ändern."

Bei Marias Darlegungen glaubte jeder ein abschließendes "und damit Basta" zu hören.

"Also nehmen wir uns gar nichts vor. Außer, daß wir in diesem Jahr noch einiges trinken", gab Elma ihren Beitrag.

"Und was ist mit dir, Mama?" wollte Erich wissen. Und er fragte nur, um nicht selbst an die Reihe zu kommen.

"Mit Rauchen braucht sie jedenfalls nicht aufhören", scherzte Gert.

"Hast du überhaupt schon mal geraucht?"

Mama wischte verlegen an ihrer Schürze. "Ach, was ihr so alles habt! In meiner Jugendzeit da haben nur Männer geraucht. Für verrückte Ideen war keine Zeit. Aber ihr werdet euch wundern", und sie wurde erregter. "Ich habe mir für das Neue Jahr - ich habe mir tatsächlich etwas vorgenommen. Ich werde zu Hugos Hochzeit an die See fahren! Ja - das werde ich!"

"Wir werden natürlich alle versuchen, daß wir fahren können", war Gerlindes Meinung. Und Elma beteuerte: "Ich spare schon!"

"Aber denk daran, Hugo heiratet in wenigen Monaten und nicht in zehn Jahren", mußte Gert sticheln.

Die Gespräche und Witzeleien wurden immer lauter, der Sekt stand zum Anstoßen bereit, und mit dem Gongschlag des Zeitsprungs aus dem Radio fielen sich alle in die Arme und wünschten sich Glück und Gesundheit für das soeben begonnene Jahr.

Den Beginn des Glockenläutens der Kirchen bekam Erich noch mit. Aber dann drehte sich alles, und er sank auf das Sofa. Verschiedene Gesichter, verschieden groß und verschieden in ihrem Ausdruck, waren mal näher mal weiter zu sehen, und dann war nichts mehr.

Als er gegen Mittag erwachte, fühlte er sich hundeelend und sah sich mit Mama allein.

"Maria ist mit Babette schon gegangen. Gert und Elma schlafen noch. Möchtest du einen Kaffee?"

"Nein. - Aber wenn du etwas Sauerkraut hättest - "

Als er sich mit Kopfschmerzen aufsetzte, war Mama besorgt. "Du bist noch nicht in Ordnung, Jungche?"

"Doch, doch! Wenn ich nur etwas Sauerkraut - "

"Mal sehen, ob Elma noch etwas übriggelassen hat."

Sie hatte. Und Erich aß gierig, als hätte er Angst, noch teilen zu müssen.

"Maria ist ein bißchen bös auf dich. Sie meint, du hättest wissen müssen, wann du genug hast."

"Aha", kam es kauend. "Und was ist deine Meinung?"

"Ach, Jungche! Nimms nicht so schwer", wich Mama aus. "Sie ist bestimmt wieder gut, wenn du nach Haus kommst."

Er beeilte sich, brachte sein Gesicht mit kaltem Wasser in Berührung und polterte dann die Treppe hinunter.

Die vier Stockwerke am Brautwiesenplatz fielen Erich diesmal besonders schwer.

Noch einmal ein tiefes Durchatmen vor der Wohnungstür und ein Überlegen der Begrüßungsworte, dann hatte er die Hand schon auf der Türklinke, als er ein weißes Kuvert sah, das unter dem Türschlitz steckte.

Ein besonderer Schnörkel der Handschrift verriet ihm, daß dieser Brief von Renate war.

Er verbarg ihn unter seiner Jacke, froh, ihn zuerst entdeckt zu haben.

"Was kratzt du denn da an der Tür herum?"

Maria öffnete, bevor Erich den Schlüssel ins Schloß stecken konnte.

"Was schaust du so treuherzig? Du bist mal wieder als einziger aus der Rolle gefallen. Ich würde mich schon ein bißchen schämen!"

Und wieder dieser strafende Blick.

"Aber du denkst auch, laß sie nur reden, denn ich mach ja doch, was ich will."

Erich hörte das fröhliche Kreischen von Babette, sah den herausfordernden Blick seiner Frau, aber seine Gedanken waren bei dem Brief unter seiner Jacke.

Er las ihn im Klo, um ihn dort auch zu vernichten. Er hatte selten einen einzigen Satz so oft gelesen. Immer und immer wieder. Denn da stand: "Ich weiß nicht, ob es dich erzürnt, und ich weiß auch nicht, was jetzt werden soll, - aber ich bekomme ein Kind von dir!"

Nachdem der Inhalt in sein Bewußtsein gedrungen war, hätte er sich am liebsten mit dem zerrissenen Papierfetzen heruntergespült.

Verschwinden! Möglichst weit weg von hier!

Und es war keine leise Idee. Es war ein besitzergreifender Gedanke, der hämmerte und hämmerte. Abhauen und alles hinter sich lassen!

Nach diesem Entschluß begann er auch gleich mit seiner Überzeugungsarbeit.

"Hör zu! - Ich wollte es dir im alten Jahr noch nicht sagen, aber ich weiß aus sicherer Quelle, daß etwas gegen mich läuft. Wir täten gut daran, nach drüben abzuhauen. Glaube mir, es ist ernst!"

"Wieso?" kam es voller Mißtrauen. "Wenn außer deinem Strafeinsatz bei der LPG noch etwas dazu gekommen ist, dann mache ich nicht mehr mit!"

"Aber unseren Schwager Ernst hast du bewundert, als er nach drüben ging, und deine Schwester beneidest du sogar, daß sie jetzt bei ihm ist. Warum legst du mir immer andere Maßstäbe an? Wir sind doch jung und können uns anpassen."

"Anpassen!" kam es verächtlich. "Wir haben ein kleines Kind, und ich werde im Frühjahr entbinden!"

"Frieda und Ernst haben es auch mit zwei kleinen Mädchen geschafft."

"Und wie kommst du von einer Stunde auf die andere darauf, das gleiche zu tun? Da ist doch etwas passiert?"

Sein Schweigen nutzte sie um nachzuhaken: "Wenn du solche Abenteuer mit mir vorhast, dann will ich alles wissen. Du verschweigst mir doch etwas?"

"Es ist nur, - ich werde hier nie ein Bein auf die Erde bekommen. Ich bin wiederholt aufgefallen und werde denen hier langsam unbequem."

"Und wie? Wie stellst du dir das vor?"

Aber noch bevor Erich antworten konnte, besann sie sich und meinte entrüstet: "Du bist ja verrückt! Das kommt gar nicht in Frage! Ich gehe hier nicht fort!"

"Willst du nicht endlich aus der Schweinemästerei raus? Willst du nicht auch einen Fernseher und ein Auto besitzen? Und willst du nicht auch unseren Kindern mehr bieten können?"

"Und du meinst, all das fliegt dir da drüben in den Schoß?"

Sie drückte Babette, die mit offenem Mund zugehört aber nichts verstanden hatte, an sich, als müßte sie diese vor etwas Bösen schützen.

"Dir ist doch hoffentlich klar, daß du dich aus der Verantwortung für unsere Kinder nicht herausmogeln kannst? Nehmen wir an, die erwischen uns. Was dann? Ich kann mir nicht vorstellen, daß du alles gründlich überlegt hast. Schau dir Werner oder Hugo an. Sie sind etwas geworden. Du kannst doch nicht den Staat dafür verantwortlich machen, wenn es bei dir nicht so ist."

"Ich stehe hier nun mal nicht auf der Bestenliste. Ich weiß nur, wer zu lange abwägt und überlegt, verpaßt Chancen, die vielleicht nicht wiederkommen."

Maria schaukelte Babette hin und her, so als wollte sie diese in den Schlaf wiegen.

"Ich weiß nicht. Du hast doch in deinem Rausch keine Überlegungen anstellen können. Deine Eile ist es, die mir merkwürdig vorkommt."

Gert wurde noch nachdenklicher und wortkarger, als Maria auf der Neißstraße von einer bevorstehenden Flucht sprach.

Mama Baikowski entwich mehrmals ein "Ohjeh, ohjeh", und Elma wollte am liebsten mit.

Bleich und kränklich blieb Gert unbeteiligt, so als hätte er das Vorhaben seiner Schwester und seines Schwagers gar nicht verstanden.

Kurz vor der geplanten Abfahrt erschien er am Brautwiesenplatz und verkündete kurz und knapp: "Ich komme mit!"

Dann nur noch ein verräterisches Klappern von Töpfen und Tellern, die Elma in Sicherheit brachte und ein Zittern vor Entdeckung und ein Zittern vor etwas Unbekanntem.

Doch die Stadt und der Fluß entfernten sich und mit ihnen alle Plätze der Gewohnheit.

NEUE WEGE

Gleich nach dem Hahnenschrei erwachte das Dorf.

Und während die Bewohner der Neubauhäuser noch im Tiefschlaf lagen, wurden in den drei Bauernhöfen die Stalltüren aufgerissen, und das Füttern und Melken konnte beginnen.

An diesem Morgen im vorgerückten Frühjahr war auch Erich bereits auf dem Weg zu seiner nahegelegenen Arbeitsstelle, die sich dorfabwärts an einem Flüßchen befand.

Vom Feuerwehrhäuschen bergab waren es nur wenige Schritte.

Noch nie hatte er den Geruch der Erde so angenehm empfunden, und noch nie erlebte er den frühen Gang zur Arbeit so befreiend mit dem Bewußtsein, nach all dem Lagerleben endlich auch eine Wohnung zu haben.

Schwager Ernst hatte Arbeit besorgt und eine Erweiterung der Betriebswohnung erreicht. Man lebte zusammen, und man arbeitete zusammen.

Damit alle notwendigen Anschaffungen auch mit den Möglichkeiten Schritt halten konnten, bettelte Erich um jede Überstunde, zumal Maria im Berliner Flüchtlingslager ihr zweites Mädchen, Birgit, zur Welt gebracht hatte, und es ja nicht nur darum ging, satt zu werden. Zu einem richtigen Haushalt gehörten so unendlich viele Dinge, und sie waren mit Nichts hier angekommen. Da mußten auch die Frauen beider Familien im gleichen Betrieb mit arbeiten.

Erich hatte seine Arbeitsstelle fast erreicht, als er Pferdegetrappel vernahm und einen Gaul sah, der auf ihn zu galoppierte. Daß dieser Ackergaul, der gewöhnlich mit einem Ochsen im Gespann arbeitete, seinem Bauern öfter mal ausbüchste, davon hatte er gehört. Aber nun schien diese Eigenwilligkeit des Tieres für ihn als Stadtmensch plötzlich eine Gefahr zu sein, und er flüchtete in den nächsten Hof auf ein Plumpsklosett, von wo aus er die übermütigen Sprünge des Pferdes beobachtete.

Als es sich beruhigt hatte und friedlich Gras zupfte, verließ Erich, ärgerlich über seine Angst, sein Versteck um noch pünktlich den Betrieb zu erreichen.

Hoffentlich, so dachte er, hatte niemand beobachtet, was für ein Angsthase so ein Flüchtling und Städter sein konnte. Am meisten hätte es ja Maria amüsiert, die vor Tieren grundsätzlich keine Angst hatte.

Ernst war Facharbeiter in dem Optischen Werk, in dem Erich und die Frauen erst angelernt werden mußten.

Die Chefin, eine alte Dame und beste Steuerzahlerin dieser ländlichen Umgebung, war geachtet und bei manchen Mitarbeitern sogar gefürchtet.

Erich fehlte es an Respekt vor so einer Machtperson, da er in der DDR jedem Betriebsleiter hatte auf die Schulter klopfen und ihn mit Kollege oder Genosse anreden dürfen.

Nein, er fand nicht immer den Ton, den Arbeitgeber im Westen nun einmal erwarteten.

Die Angewohnheit dieser Chefin, ihren Worten mit Fußstampfen Nachdruck zu verlei-
hen, erinnerte ihn an ungewollte Komik beim Theater, und er lachte ihr ins Gesicht. Und
nach einem hitzigen Wortgefecht erging die erste Warnung.

"Vergessen Sie nie, junger Mann, daß Sie eine Dame vor sich haben!"

Ungerührt und kaltschnäuzig seine Antwort darauf: "Dann müsen Sie sich aber auch
wie eine Dame benehmen!"

Nicht nur die Chefin rang bei derlei Fehleinschätzungen nach Luft, auch die Arbeiter
glaubten an einen Sofortrausschmiß. Daß dieser nicht erfolgte, hatte seinen Grund in
der starken Besetzung der beiden Familien, denn bei der abgelegenen Lage des Betrie-
bes eventuell gleich vier Arbeitskräfte zu verlieren war zu dieser Zeit riskant.

Zähneknirschendes Dulden einer Familien-Mafia.

Um allerdings vor ihren Untergebenen ihr Gesicht zu wahren, die gierig alle Unver-
schämtheiten, zu denen sie selbst niemals fähig gewesen wären, aufsogen, mußte diese resolute Dame dann doch mal eine Kündigung aussprechen und zwar so, daß es
alle hören konnten.

"Wenn Sie sich nicht unterordnen können, dann gehen Sie!"

"Irrtum! Sie können mich nicht entlassen, denn ich gehe auf eigenen Wunsch!"

Es wiederholte sich, wurde nie ernst und war bald als Theaterdonner entlarvt.

Für die Chefin reine Notwehr aber für Erich eine übermütige Selbstbestätigung mit dem
Gefühl, dem "lieben Gott" dieser Umgebung die Stirn geboten zu haben.

Das Spiel von Angebot und Nachfrage hatte er noch nicht durchschaut. Deshalb kam
er sich mit Schwager Ernst auch ganz besonders klug vor, als sie mit einer eigenen
Strategie um die erste Lohnerhöhung verhandelten.

"Das Doppelte fordern, als wir es uns vorstellen. Auch wenn sie vor Entrüstung die
Wände hochgehen sollte. Sie wird runterhandeln und glauben, mit der Hälfte einen Sieg
errungen zu haben. Aber das entspricht ja dann unserer Vorstellung."

In den beiden Wohnungen im ersten Stock eines ehemaligen Kinderheimes war vieles
noch behelfsmäßig.

Es gab noch keine Kanalisation, und die Strraße, die nur ein Sandweg war, hatte noch
keinen Namen.

Friedas Kinder, inzwischen drei Mädchen, hatten einen Kindergartenplatz im nächsten
Ort, und um Babette und Birgit kümmerte sich während der Arbeitszeit der Eltern eine
Nachbarin.

Erich hatte den verwinkelten Flur mannshoch mit Ölfarbe gestrichen, in der Hoffnung,
die von den Kindern verursachten Schmutzflecken dadurch schnell abwaschen zu können. Die Farbzusammenstellung war schauderhaft. Grau mit viel zu breiten roten
Rand. Es war ein Billigangebot gewesen, und Maria konnte sich tagelang nicht beruhi-

gen.

"Wenn du schon mal eine Idee hast! Da zahl ich doch lieber einen Maler."

Im verwilderten Hof hinter dem Anwesen gab es einen Brunnenschacht, aus dem regelmäßig das Abwasser ausgepumpt werden mußte. Zwei alte Schuppen standen da und ein verfallenes Gehege aus Maschendraht, in dem Ernst Hühner züchten wollte.

Gemeinsam besorgten sich die beiden Männer dann beim Bauern eine stattliche Anzahl frischer Küken und sperrten sie, da sie noch nicht ins Freiland durften, in eine Abstellkammer, in der sie die Tiere durch ein über sie schwebendes, eingeschaltetes Kinderbügeleisen warm hielten.

Aber so gut das auch gedacht war, jeden Morgen lagen einige von den Winzlingen tot in dem großen Sandkasten, und es war schwierig, den weinenden Kindern zu erklären, daß diese Auswahl normal sei.

Eine Handvoll schaffte es schließlich doch, um dann im Zwinger ausgesetzt und gefüttert zu werden, und die ersten Eier wurden zum festlichen Ereignis.

Sich in dieser ländlichen Umgebung beweisen zu können, gefiel beiden Familien, auch wenn die Freizeit mit harter Arbeit ausgefüllt war wie das Kochen der Wäsche in einem großen Kessel im Waschhaus und das anschließende Abruppeln über einem Waschbrett.

Da blieb nicht viel Zeit für regelmäßige Berichterstattungen nach Görlitz. Kurze Mitteilungen und Grüße wurden es meist nur, aus denen aber zu lesen war, daß es allen gut ging.

Mama Baikowski mühte sich dagegen mit der für sie ungewohnten Beschäftigung des Schreibens ab. Die Feder pickte oft im Papier fest, was kleine Tintenflecken hinterließ, aber ihren Willen bekundete, die Verbindung nicht abreißen zu lassen.

Natürlich konnte bei ihr im Herbst die Frage nicht fehlen, ob man denn genügend Kohlen und Kartoffeln im Keller hätte.

Überschwenglich ihr Bericht von Hugos Hochzeit und der netten Schwiegertochter Irene. Der frischgebackene Kapitän hatte für eine achtstündige Seereise über die Ostsee gesorgt, und sie berichtete stolz, als einzige der Damen an Bord nicht seekrank geworden zu sein.

"Es hätte noch stundenlang so weitergehen können", war da zu lesen.

Die Kinder spielten unter der großen Kastanie, die Frauen hatten sich in die Sonne gesetzt, und Erich half Ernst beim Streichen der Fensterrahmen, als auf dem Sandweg vor dem Haus ein junger Mann mit einem Köfferchen erschien und ihnen zuwinkte.

"Das ist Gert!" rief Ernst und ließ den Pinsel in den Farbtopf fallen.

Verlegen lachend ließ der Ankömmling eine stürmische Begrüßung über sich ergehen, hob dann jedes der Kinder einzeln hoch und sah dabei in fragende Gesichter. Und nach freundschaftlichen Boxhieben von Ernst und Erich mußte er berichten.

Viel war es nicht. In verschiedenen Lagern sei er gewesen und erst freigekommen, als er die Adresse seiner beiden Schwestern angeben konnte.

Er war unverändert blaß, atmete nach der Begrüßungszeremonie tief durch und meinte schließlich in seiner trockenen Art: "Bei euch ist der Misthaufen auch näher als das nächste Kino. Oder?"

Er fand eine Schlafstelle im gleichen Ort und auch Arbeit im gleichen Betrieb.

Als Heizer an Hitze gewöhnt, war ihm die neue Beschäftigung an einem Glasschmelzofen ganz willkommen, und im Betrieb wurden nun fünf Arbeitskräfte, die zusammengehörten, zu einer Macht.

Gebrauchte Fahrräder waren der erste Luxus.

Aber Maria konnte nicht, und Frieda wollte nicht, und so wurden Radtouren zu einer Männersache.

Zuerst schmollte die Weiblichkeit, dann aber bildete sich eine Front, an der jeder glaubte, sich behaupten zu müssen.

"Hör mal! Die Männer teilen sich die Freizeit zu ihren Gunsten ein. Das können w i r nicht."

"Doch! Das könne wir auch", widersprach Frieda ihrer Schwester, die gerade Gemüse für einen Eintopf schnitt. "Wir können zum Ausgleich ja mal wieder das Tanzbein schwingen. Dann müssen die Männer eben auf die Kinder aufpassen."

"Aber die Busse fahren so ungünstig. Wie willst du in die Stadt kommen und wieder zurück?"

"Wir brauchen doch gar nicht in die Stadt. Rings auf den Dörfern finden genug Tanzveranstaltungen statt."

"Die würden blöd schauen, wenn wir ohne unsere Männer kämen."

"Glaube ich nicht. - Vielleicht gefällt das denen sogar!"

"Eigentlich hast du recht. Was ist schon dabei? Über die Männer wollen wir uns doch nur lustig machen."

Sie grinsten sich an, als wären sie schon zur Tat geschritten.

"Und außerdem - ein klein wenig Eifersucht kann ja nicht so schlimm sein."

Einige aufeinanderfolgende Ereignisse sorgten dafür, daß das geplante dörfliche Tanzvergnügen der beiden Schwestern erst einmal ins Stocken geriet.

Diese Ereignisse verbreiteten Angst.

Daß in der Dunkelheit brennbares Material in die Telefonzelle am Waldrand geschleppt und angezündet worden war, wäre noch als sträflicher Übermut durchgegangen. Als dann aber immer häufiger Frauen und Mädchen auf den durch den Wald führenden Wegen, die die einzige Verbindung zum nächsten Ort waren, überfallen und vergewaltigt wurden, begann allgemein das große Zittern.

Nur wenige besaßen ein Auto, und so gehörten Fußwege zu den Notwendigkeiten.

An einem Sonntagmorgen fanden frühe Kirchgänger die Leiche einer Dorfbewohnerin auf einem dieser Waldwege. Erstochen.

Die daneben liegende Einkaufstasche und einige verstreut herumliegende Semmeln belegten die Tatzeit auf den vorangegangenen Tag.

Ohne Begleitung wollte jetzt niemand mehr durch den Wald, und wer es mußte, bekam eine Gänsehaut.

Maria, die weiterhin furchtlos erscheinen wollte, verriet ihre tatsächlichen Ängste durch eine merkwürdige Forderung.

"Ich kann nicht auf meinen Friseur im nächsten Ort verzichten, bis der Mordfall geklärt ist. Besorge mir eine Gaspistole!"

Erich glaubte schlecht gehört zu haben. "Eine was?"

"Jetzt stell dich nicht dümmer, als du bist! Da!" Dabei zeigte sie auf einen Stoß alter Zeitungen, die sie von Arbeitskolleginnen bekam, sobald diese sie ausgelesen hatten.

"Da steht es doch! Zur Selbstverteidigung und gar nicht so teuer. Sogar Modelle für Frauen gibt es da. So ein Ding besorgst du mir!"

"Also, wie du es sagst, muß ich wirklich annehmen, du meinst es ernst."

"Was denkst du? Solange du deine Überstunden machst, kannst du mich bei wichtigen Erledigungen nicht begleiten. Also meine ich es auch ernst."

"Du bist verrückt! Weißt du, was jemand mit dir macht, wenn du eine Pistole aus der Tasche ziehst? Vorausgesetzt, du kämst überhaupt dazu."

Aber was sich Maria einmal in den Kopf gesetzt hatte, das mußte auch ausgeführt werden.

Die Männer kauften also in der Stadt eine Gaspistole mit Perlmuttgriff für Damen, die billiger war als eine Kaffeemaschine oder ein Mixer und probierten die Waffe auf dem Heimweg im Wald gleich aus.

Sie schossen mehrmals, bis ihnen die Augen tränten.

"Ich weiß nicht", zweifelte Gert, "ob das eine so sichere Abwehr ist. Der Schütze bekommt ja fast die gleiche Ladung ab."

Gebraucht wurde die Pistole nie, aber Maria hatte, was sie wollte.

Mama Baikowskis Schritte waren bedächtiger geworden.

Was sollte auch jetzt noch Eile haben? Elma stand schon auf dem Sprung, das Haus zu verlassen, und dann würde die Einsamkeit ihr Mitbewohner sein.

Die Aufgaben, die das Leben ihr gestellt hatte, waren bewältigt, und sie sah keine Notwendigkeit mehr darin, ihre eigene Uhr noch einmal aufzuziehen. Auslaufen - einfach so auslaufen lassen.

Gerlinde, die noch kam, so oft sie konnte, blieb das Durchhängen der Mutter nicht verborgen, und sie drang auf ärztliche Untersuchung.

"Ach weißt du, daß meine Birne nicht mehr so hell brennt, das ist normal. Es tut mir nur leid, daß es einige Enkelkinder gibt, die ich vielleicht nie zu sehen bekommen werde."

"Vielleicht läßt man dich ja doch rüberfahren. Ich würde es zumindest probieren."

"Ach nee! Ha' ich ja schon. Die haben gesagt, da müßte jemand sterben, dann dürfte ich fahren."

Die von Gerlinde erzwungenen Untersuchungen brachten dann die schlimme Gewißheit: Mama Baikowski hatte Krebs!

Aber die Gelassenheit, mit der sie es selbst aufnahm, ließ vermuten, daß sie es längst geahnt haben mußte. Keine Hysterie, keine panische Angst, eher ein schicksalergebenes Abwarten.

Sie war lebenserfahren genug, um zu wissen, daß mit Wehklagen dem Schicksal nicht beizukommen war, und es wäre ihr nie in den Sinn gekommen, gar Mitleid zu erregen.

Und so blieb für sie das Schreiben an die fernen Lieben ihre einzige Abwechslung. Auch wenn sich Feder und Papier oft widerspenstig zeigten.

Da Gerlinde die Wahrheit nur tröpfchenweise und übervorsichtig weitergab, konnten die Geschwister noch keinen Grund zur echten Besorgnis erkennen, zudem wurden Briefe auch selten umgehend beantwortet.

Und was wußte man am ruhigen Neißeufer schon von der Hektik des Westens?

Diesmal war es die Gemeindeverwaltung, von der Erich eine Vorladung bekam.

Ein Schreiben der Görlitzer Behörde lag auf dem Tisch, das ihn als Vater eines nichtehelichen Sohnes bezeichnete und eine Alimente forderte.

"Sie sollen hier Alimente für den Sohn der Renate - "

"Ja, ja, ich weiß schon", unterbrach Erich die Sekretärin, die ihn daraufhin pikiert ansah.

Er kannte die Dame, die ganz in seiner Nähe wohnte, und das verstärkte die Peinlichkeit.

"Ich muß Sie immerhin fragen, wie Sie zu dieser Forderung stehen. Sind Sie zahlungswillig?"

"Habe ich denn eine andere Möglichkeit?"

"Wenn die Vaterschaft feststeht - keine."

Er wollte wenigstens einen Versuch machen, hier auf Verständnis zu stoßen.

"Ich hatte ja gar keine Chance, gegen die Klage anzugehen."

Und nun erzählte er, was es aus seiner Sicht dazu zu sagen gab.

Die Sekretärin sah zu Boden, als hätte sie soeben eine Beichte gehört und müßte überlegen, ob sie dafür Absolution erteilen könnte.

"Aber Sie hätten sich doch durch einen Bevollmächtigten bei der Klage vertreten lassen können", warf sie ihm schließlich vor.

"Wen hätte ich denn schicken sollen?"ereiferte sich Erich.

Die Sekretärin versuchte zu beschwichtigen. "Wir können für Sie zwar nicht den Anwalt spielen, aber - wir werden von uns aus einfach nur den Mindestsatz festlegen. Meistens wollen die da drüben längeres Hickhack vermeiden und geben sich dann auch mit weniger zufrieden. Dann kämen Sie sehr günstig weg."

Sie hüstelte, als nicht gleich eine Antwort kam. "Darf ich das so formulieren?"

"Wird diese - diese Alimente gleich vom Lohn einbehalten?"

"Nicht solange Sie pünktlich zahlen."

Das regelmäßige Abführen einer bestimmten Summe war auf Dauer nicht zu verheimlichen. Erich mußte beichten.

Kurz vor dem Zubettgehen, die Kinder schliefen schon, nahm er einen Anlauf.

"Ich müßte mit dir reden - "

"Und da mußt du ausgerechnet kommen, wenn ich schon müde bin? Kannst du mir das nicht am Tage sagen?"

Maria nestelte an ihrem Nachthemd und wußte nicht so recht, ob sie ihren Mann einfach sitzen lassen sollte. Schließlich setzte sie sich wie zum Sprung bereit nur auf die Stuhlkante.

"Aber dann mache es kurz!"

"Weißt du, - man hat mich da etwas gelinkt und meine hilflose Lage ausgenutzt. Ich werde zu einer Vaterschaft herangezogen, die gar nicht bewiesen ist - "

Maria war bleich geworden, und sie stieß nur hervor: "Ja? - Weiter! Sprich nur weiter!"

"Ich muß - also ich muß Alimente zahlen!"

Alle Muskeln schienen bei ihr angespannt, und sie begann laut zu werden, so daß Erich befürchtete auch bei Frieda und Ernst gehört zu werden.

"Wenn du als Vater angegeben wirst, dann hast du auch mit dieser Person geschlafen!"

Und so, als hätte sie jetzt erst begriffen, legte sie erschrocken die Hände vors Gesicht.

"Du bringst nur Schande über uns! Eines Tages werden es auch deine Kinder erfahren. Und was wirst du ihnen dann sagen? Daß ihre Mutter dir nicht genügt hat? Daß sie dir nicht genug war? Ich bin dir sogar in dieses Land gefolgt, und ich habe immer zu dir gehalten und das, obwohl du dir schon so manches starke Stück erlaubt hast. Aber das ist ja wohl der Gipfel! Wenn ich das den anderen erzähle, die spucken dich an!"

Erich wußte natürlich, wer mit den anderen gemeint war und wollte diese Absicht verhindern, denn es würde schon hart genug werden, allein mit seiner Frau über diesen Berg zu kommen.

"Ich versichere dir, daß es mir unendlich leid tut! Aber warum willst du das in die Öffentlichkeit zerren?"

"Ach! Da möchtest du weiter als lieber Kerl erscheinen? Pfui Teufel!"

Energisch wischte sie die Tränen, die sie nicht hatte zurückhalten können, fort.

"Du verdienst es doch gar nicht, daß man um dich auch nur eine Träne vergießt! Du hast mich unschuldig bekommen. Ich habe dir einen Teil meiner Jugend gegeben, und die hast du mir gestohlen!"

Sie stand auf, strich ihr Nachthemd glatt und forderte: "Laß mich in nächster Zeit in Ruhe! Eines Tages, du wirst sehen, eines Tages werde ich dich verlassen! Und dann landest du in der Gosse! Denk an meine Worte!"

Auf dem Dorf war das nun mal so; jeder kannte jeden, und die Zugereisten und Flüchtlinge wurden besonders mißtrauisch beobachtet.

Hier auf dem Land stand die Vermehrung des Grundbesitzes und ein sicheres Bankpolster an erster Stelle; ganz im Gegensatz zu den Hergelaufenen, die lieber beim Krämer anschreiben ließen als auf Zigaretten, Kaffee und Schokolade einmal zu verzichten.

Als Ernst einen Fernseher kaufte, wirkte das wie eine Herausforderung, und die Einheimischen schüttelten die Köpfe. War das wirklich so wichtig?

Dann aber sahen sie am dreizehnten August 1961 auch als erste den Bau der Berliner Mauer, und plötzlich war es wichtig.

Fassungsloses Staunen. Nur Ernst stellte nüchtern fest: "Ich weiß nur, daß wir alle unverschämtes Glück hatten. Denn jetzt wären wir da drüben nicht mehr rausgekommen!"

Gert hatte Birgit auf dem Schoß, starrte auf die Mattscheibe und murmelte: "Da kommt keiner mehr raus und keiner mehr rein."

"Rein?" erboste sich Frieda. "Wer will da noch rein?"

Gert strich gedankenverloren über Birgits blonde Haare. "Ich sehe das aber anders. Wir haben immerhin unsere Mutter und unsere Geschwister da drüben."

"Aber wir hätten uns so und so nicht gegenseitig besuchen können", gab Maria zu bedenken.

"Auf alle Fälle ist das eine Sauerei!"

Auch im Betrieb war es Gesprächsstoff, und die ganz Schlauen meinten, sie hätten schon immer gewußt, daß der Ostwind schädlich sei.

Dieser neue Ostwind brachte auch neue Auswirkungen.

Gerlinde ließ in einem Brief durchblicken, daß es riskant wäre, Hugo zu schreiben, denn ihm seien Westkontakte streng verboten worden, und er müßte jedes Schreiben, das ihn trotzdem erreichen würde, seiner vorgesetzten Dienststelle übergeben, mit der Beteuerung, daß er es gegen seinen Willen erhalten habe.

Bei Gert saß dieser Schock besonders tief. Sein Magen rebellierte und auch die Kopf-schmerzen meldeten sich wieder. Er scherzte nicht mehr und wurde einsilbig.

Eine Radtour mit Erich an einem Sommernachmittag wurde zur Ausnahme.

Schon nach wenigen Kilometern lehnten sie ihre Räder an ein altes Dorfgasthaus, um ein Bier zu trinken.

"Eigentlich ziemlich blöd, daß wir bei der Hitze ausgerechnet mit dem Rad fahren", stellte Erich fest.

"Ich bin Hitze gewöhnt", wurde der Einwand von Gert lässig abgetan. Er zog sich einen Gartenstuhl an den Tisch und deutete auf den nahe dem Haus vorbeiführenden Bach. "Wir können ja auch baden."

Beim Bier wollte dann Erich wissen: "Verspürst du eigentlich keine Lust, eine eigene Fa-milie zu gründen?"

Gert tat erst so, als hätte ihn ein Fremder nach seinem Kontostand befragt.

"Du wirst es nicht verstehen", ging er dann doch darauf ein, "aber ich vergleiche jedes Mädchen und jede Frau mit Vera. Die meisten sind sehr hübsch, und die meisten wis-sen auch, daß sie sehr hübsch sind. Das macht sie selbstbewußt und manchmal sogar arrogant. Und genau damit kann ich nichts anfangen. Ich weiß, Vera ist derb, sie hat eine Warze und eine rauchige Stimme, und sie würde gegen diese Modepuppen hier nicht bestehen können. Aber sie ist natürlicher und hat mehr Herz. Ich würde mich im-mer noch für sie entscheiden. Ja, das würde ich."

"Aber die Aussicht, daß daraus etwas werden könnte, die ist doch jetzt gleich null. Ich meine, dann hättest du nicht abhauen dürfen."

"Ich muß meine Unruhe und meine Neugier eben teuer bezahlen."

"Also unglücklich?"

"Quatsch!" wollte er wieder alles entkräften. "Ich würde nur gern mal drüben Mäuschen spielen. Vera hat jetzt Arbeit und Wohnung in Weißwasser gefunden, und wie es sich in Briefen von Gerlinde liest, auch einen neuen Freund. Und ich frage mich, ob Michael den auch mag, und ob er mich schon vergessen hat. Naja, und dann würde ich gern sehen wollen, wie Mama so allein lebt. Kannst du das verstehen?"

"Doch ja, ich kann das verstehen. Nur, stell dir vor, du wärst jetzt wieder drüben. Dann würde dir nach einiger Zeit wahrscheinlich das Schicksal deiner Schwestern hier im Westen keine Ruhe lassen, und du würdest hier gern Mäuschen spielen wollen."

"Schon gut. Du meinst, man kann nicht alles haben?"

Er nahm einen kräftigen Zug aus dem Krug, wischte sich den Mund trocken und mein-te: "Es wäre doch schade, die ganze Zeit zu verquatschen. Was hältst du nun wirklich von einem Bad?"

"Ohne Hose?"

Der Bach hatte außerhalb des Dorfes eine kleine Ausbuchtung und bildete einen kleinen

See, der durch einen Wehrschieber in der gewünschten Wasserhöhe gehalten wurde.

"Hier ist weit und breit niemand. Da brauchen wir doch keine Hosen."

Bevor Erich sich noch weitere Gedanken machen konnte, hatte Gert schon seine Sachen abgelegt und verschwand im Wasser.

"Na los! Komm schon!" rief er, doch etwas fröstelnd, von der Mitte des Sees. "Es ist herrlich erfrischend!"

Sie planschten und alberten herum wie Schulkinder, bis Gert in Ufernähe in einer merkwürdig ruhigen Stellung verharrte.

"He! Was ist mit dir?"

Als keine Antwort kam, stakste Erich ans Ufer, wo die Räder lagen. "He! Wir haben nichts zum Abtrocknen!"

Langsam löste sich Gert aus seiner Ruhestellung und schwamm in die Mitte des Sees zurück. Er lachte und prustete, als wäre ihm ein toller Witz eingefallen.

"Was hast du?" wollte Erich wissen, der sich inzwischen mit seinem Oberhemd abtupfte.

Gert fragte treuherzig: "Hast du schon mal unter Wasser geschissen?"

Erich ließ sein Hemd fallen. "Sag bloß, du hast - "

"Na klar! Ich hoffe ja, daß die Dorfschönen heute abend ihr Bad hier nehmen. Soll gut für die Haut sein."

"Du bist unmöglich!"

"Ich fühle mich jedenfalls sehr befreit. Es ist, als hätte ich auf die ganze Welt ge - - - "
Der Rest ging in einem lauten Lachen unter.

Erleichterung durch drastische Mittel. Gert war ein schwieriger Mensch, dem all das Gewöhnliche eines Herdenmenschen abging, und dem Unterordnung nur Schein war. Und so war es durchaus typisch, daß er plötzlich, ohne ein Wort zu sagen oder eine Erklärung abzugeben, verschwand.

Als er nicht zur Arbeit erschien, wurden die Schwestern befragt, die natürlich nichts wußten. Und erst als der Vermieter Gerts Zimmer öffnete, war an den fehlenden Sachen zu erkennen, daß er das Weite gesucht hatte.

Großes Rätselraten wohin. Erich konnte es sich zwar denken, aber er hütete sich davor, seinen Verdacht zu äußern, denn es hätte ihm doch keiner geglaubt.

"Jetzt werden Sie allein gehen müssen! Für mich ist das die letzte Möglichkeit zum Wenden."

Der Fahrer des Personenwagens, der Gert migenommen hatte, hielt vor dem Hinweisschild zur Grenzzufahrt.

Gert langte sein Köfferchen vom Rücksitz und bedankte sich. Er hörte den Wagen verschwinden und leiser werden, dann war er allein und ging langsamen Schrittes auf den Grenzposten zu.

Als er damals in den Westen kam, war er von Berlin ausgeflogen worden und hatte diese innerdeutsche Grenze noch nie zu Gesicht bekommen.

Der Bundesgrenzschutz sah mit Befremdung auf den einsamen Fußgänger, der hier so tat, als wäre es eine friedliche Wanderstrecke.

Einer der Grenzposten versuchte dann auch zu scherzen, als Gert vor ihm stand.

"Wenn Sie nach Italien wollen, das liegt in entgegengesetzter Richtung."

Gert blieb unbeeindruckt, zückte nur seinen Ausweis und meinte trocken: "Ich möchte nach drüben!"

Ein mehrstimmiges Lachen bewies ihm, daß er nicht ernst genommen wurde.

"Junger Mann, da fehlen Ihnen zwei Dinge. Einmal ein Auto und zum anderen die nötigen Papiere. Drehen Sie lieber wieder um!"

Gert stellte seinen Koffer ab und beharrte: "Ich will nicht zu Besuch. Ich will für immer nach drüben!"

Diesmal blieb das Lachen aus, dafür wurden die Gesichter länger.

"Nimm ihn mal rein!" wies einer der Grenzwächter seinen Kollegen an. Gert betrat daraufhin die Station mit einem Rundumblick vieler Fenster.

"Also, das ist keine gute Idee, die Sie da haben. Doch wenn es Ihnen wirklich ernst sein sollte, dann geht das nicht so fix."

Der Grenzbeamte schien wesentlich nervöser als Gert, der ruhig und abwartend auf einem Stuhl saß.

"Wollen Sie sich das nicht doch noch überlegen? - Nein? Nun gut. Es ist Ihr gutes Recht, sich Ihren Lebensraum auszuwählen. Aber mir verschaffen Sie jetzt eine Menge Arbeit. Wir können Sie nämlich nicht so ohne weiteres da rüberspazieren lassen. Ihr Leumund muß überprüft werden, denn Sie könnten ja etwas auf dem Kerbholz haben. Oder Sie laufen vor großen Schulden davon. Also müssen wir auch Ihren letzten Arbeigeber anrufen. Na? Immer noch interessiert an Ihrem Vorhaben?"

"Mein Vorhaben ändert das nicht."

Der Beamte blieb noch eine Weile unschlüssig stehen und hob dann kopfschüttelnd den Hörer von der Gabel.

Und während seine Kollegen hin und wieder ein Auto abfertigten - die meisten waren Transitfahrer nach Berlin - holte sich der erstaunte Grenzer Auskünfte ein, von denen letztendlich keine gegen Gert sprach.

Aber es dauerte, und dem geduldig Wartenden wurde zwischenzeitlich sogar ein Kaffee angeboten.

"Sie werden ihn brauchen, denn ich kann mir denken, daß Sie da drüben nicht gerade mit wehenden Fahnen empfangen werden."

Und als Gert dann wieder draußen stand, und die letzten dreihundert Meter Fußweg für ihn frei waren, rief man ihm noch nach: "Überlegen Sie ein letztes Mal! Das ist eine Straße ohne Wiederkehr!"

Doch Gert ging Schritt für Schritt, als hätte man ihn aufgezogen, und erst der Anblick der vielen Sicherheitsvorkehrungen ließ erste Ängste aufkommen, und er hatte das Gefühl, von unzähligen Augen verfolgt zu werden.

Dann plötzlich eine blecherne Lautsprecherstimme: "Bleiben Sie auf der linken Seite, und gehen Sie langsam bis zur Leitboje!"

Gert blieb anweisungsgemäß dort stehen und wurde von zwei Grenzpolizisten in die Mitte genommen.

Die Fenster der Baracke, in die er geführt wurde, waren überstrichen, und er stand drinnen zwei Offizieren gegenüber.

"Stellen Sie den Koffer auf den Tisch, und setzen Sie sich!"

Seinen Ausweis hatten ihm die Empfangspolizisten schon abgenommen. Unverhohlenes Anstieren ohne Worte aber voller Mißtrauen. Bis dann die Tür aufging, und ein Zettel gereicht wurde, den die Offiziere erst lasen und sich dann Gert zuwandten.

"Ist doch noch gar nicht so lange her, daß Sie unserem Arbeiter- und Bauernstaat den Rücken gekehrt haben."

Der Sprecher saß mit dem halben Hinterteil auf dem Tisch, schob seine Uniformmütze in den Nacken und ließ das in der Luft hängende Bein heftig hin und her schwingen.

"Wissen Sie eigentlich, was auf Republikflucht steht?"

"Ich bin freiwillig zurückgekommen!" wagte Gert einzuwenden.

"Unterstelle ihn doch dem Politoffizier", riet der Kollege dem Tischhocker. "Sollen die sich mit ihm befassen."

"Aber merkwürdig ist das schon", ließ der Angesprochene vernehmen. "So freiwillig und reumütig zurückkehren? Das riecht doch ganz gewaltig nach einem bestimmten Auftrag."

"Deshalb sage ich doch", beharrte der Kollege. "Wir überstellen ihn! Warum müssen wir das unbedingt herausbekommen?"

"Ich kann mich nicht erinnern, jemals einen solchen Fall gehabt zu haben." Er stieß sich vom Tisch ab. "Also gut. Ich werde den Transport veranlassen. Du kannst dir ja inzwischen seine Sachen anschauen."

Gert mußte den Koffer öffnen und den Inhalt ausbreiten.

"Zu großen Reichtum scheinst du ja da drüben nicht gekommen zu sein."

Gert hörte wohl, daß er plötzlich geduzt wurde und überlegte, ob das ein gutes oder ein schlechtes Zeichen sein könnte.

Dann wurde die Tür aufgerissen, und eine Stimme brüllte von draußen: "Der Wagen wartet! Wir können eine kleine Fahrt mit unserem Gast machen!"

Gert wurde in einen mit Tarnfarbe gestrichenen Mannschaftswagen geschoben, auf dessen einziger Sitzbank bereits ein junger Mann von zwei Polizisten flankiert saß, mutlos, verzweifelt und mit hängendem Kopf.

Nachdem auch Gert eine Eskorte bekommen hatte, fuhr der Wagen los.

Es begann dunkel zu werden, und die vorbeihuschenden Ortsschilder waren nicht zu lesen. Nach einer halben Stunde völliger Schweigsamkeit hielt der Wagen im Hof einer kleinen Kaserne, die inmitten einer großen Waldlichtung lag.

Die Stiefel der Uniformierten klangen hart und hohl in dem langen Gang, den sie mit den zwei Zivilisten abschritten.

Klopfen an einer Tür, und nachdem ein herrisches "Herrein" zu hören war, wurden die Eskortierten in das Zimmer geschoben.

Hackenzusammenschlagen, schneidige Meldung, und dann flog die Tür hinter den Abgeführten wieder ins Schloß.

Teppiche, wuchtige Schreibtische, einige Ölbilder, Wandleuchten, doch nirgends das Bild eines Politikers.

Hinter einem der drei Schreibtische ein glatzköpfiger Herr in Zivil. Seine Stimme war leise und hatte diesen lauernden Unterton, den Menschen haben, die mit freundlichem Gesicht die größten Gemeinheiten sagen können.

Mit dem Oberkörper nach vorn gebeugt ließ er die Kette einer Uhr wie einen Rosenkranz spielerisch durch dicke Finger gleiten.

"Welch magische Anziehungskraft doch eine Grenze haben kann", begann er mit genüßlicher Betonung einzelner Wörter. "Einer von euch wollte in die falsche Richtung, und es ist für mich gar nicht so schwer, diesen zu erkennen. Ich sehe da nämlich ein fragendes und ein schicksalergebenes Gesicht. Und beide wollt ihr jetzt sicher wissen, wie es weitergeht? - Na, unser Rückkehrer ist ja schon in Abwesenheit für seine Republikflucht verurteilt worden. Er bekommt also, was ihm zusteht. Das heißt, während er ein halbes Jahr von der Gesellschaft isoliert wird, werden wir uns bemühen, die kapitalistischen Gifte aus Körper und Seele zu entfernen. Ist doch ein faires Angebot? - Tja - und was den verhinderten Westläufer betrifft, da besteht der Unterschied eigentlich nur darin, daß wir ihn nicht in Abwesenheit verurteilen brauchen."

Er unterbrach die Spielerei mit der Uhr und sah auf die Zeit.

"Jeder arbeitende Mensch hat sich einen Feierabend verdient. Ich zähle mich da auch dazu und werde mir wegen euch nicht die Nacht um die Ohren schlagen. Wir haben ja noch so viel Zeit, uns angeregt zu unterhalten."

Er betätigte einen Klingelknopf am Schreibtisch und schritt zur Tür.

"Ihr werdet im Gang wieder in Empfang genommen, und man wird euch zwei Fürstenzimmer anweisen. Solche, die wir einem besonderen Besuch schuldig sind."

Er hielt die Tür auf wie ein Butler und meckerte belustigt vor sich hin.

Sie bakamen Einzelzellen, in denen die ganze Nacht das Licht brannte, und als das Tageslicht durch das vergitterte Fenster fiel, hörte Erich die Schließgeräusche an der Nachbarzelle, und den aufgeschnappten Wortfetzen entnahm er, daß sein Leidensgenosse abgeführt und verlegt wurde.

Dann kam er an die Reihe. Er durfte sich waschen, bekam ein bescheidenes Frühstück und sah sich dann noch einmal dem Glatzköpfigen gegenüber.

"Na? Gut geschlafen? - Nun, Sie sehen, wir sind keine Unmenschen. Ich habe auch gleich veranlaßt, daß Sie heute noch nach Bautzen überstellt werden. Ist doch ganz in Ihrer Nähe? Ich meine, Görlitz ist nicht weit. Naja, und sechs Monate sind keine Ewigkeit. Befolgen Sie dort alles, was man von Ihnen verlangt, und was man Ihnen sagt, und Sie werden sehen, es wird ein ganz anderer Mensch aus Ihnen!"

Hinter Gert schlossen sich Tore, die er einst hatte aufbrechen wollen, als er noch von seinem Blockhaus träumte, und die Freiheit noch ein unbestimmter Begriff gewesen war.

Schreiben durfte er nicht. Aber es erging eine kurze Mitteilung an Mama Baikowski.

DIE UMWEGE ZUM ABSCHIED

Ernst hatte ein Moped gekauft und mit Erich eine Auslandsreise unternommen, was ihren beiden Frauen nun nicht gerade Begeisterungsstürme entlockte.

Die Ausrede, daß auf einem solchen Gefährt eben nur zwei Personen Platz hätten, war
vordergründig, denn die Männer wollten nur ganz einfach mal Urlaub von der Familie
und stellten dabei fest, daß sie sich sehr gut ergänzten.

Aber je älter die Kinder wurden - Friedas älteste Tochter ging bereits zur Schule - um so
stärker empfanden die Männer das Familienleben als reines Weiberregiment.

Erich kaufte, sehr zum Erstaunen der Einheimischen, den ersten Ölofen und fand bald
Nachahmer.

Überstunden und Doppelschichten machten Neuerungen erst möglich, und Görlitz ent-
schwand den Gedanken so weit, daß es auch auf einem anderen Stern hätte liegen
können.

Eine Nachricht rückte es zwar wieder etwas näher, aber nicht nah genug, um wirklich
greifbar zu sein.

Gerlinde konnte es nicht mehr für sich behalten und teilte in einem Brief mit, daß Mama
Unterleibskrebs habe und im Krankenhaus liege. Sie selbst würde sich, so gut es ging,
auch um die Wohnung kümmern und ständig Besuche machen.

Elma war in den Oderbruch gezogen und wollte heiraten, und Gert saß noch seine letzten Wochen in Bautzen ab.

"Wir sollten nicht so tun, als wäre sie schon unter der Erde. Die Medizin ist doch heute
schon weit entwickelt. Außerdem ist sie im Krankenhaus unter ständiger Kontrolle."

So und ähnlich wollte man beruhigen, aber Worte vermochten da nicht viel auszurich-
ten, spürte man doch, daß die, die sie sagten, selbst nicht so recht daran glauben konnten.

Zudem kam eine neue Angst. Krebs, so hatte man gehört, könnte auch erblich sein.

Daraufhin begann bei den Frauen ein ständiges Knotensuchen an der Brust, und jede
körperliche Veränderung wurde zum Verdacht.

Gert tauchte zu der Zeit wieder in Görlitz auf, als Mama aus dem Krankenhaus entlassen wurde.

Aber so wenig wie Mama Baikowski nicht über ihre Krankheit sprechen wollte, so wenig
konnte Gert bewegt werden, über seine Haft zu reden. Er war nun extrem ruhig und
schien einen Mehrjahressprung gemacht zu haben.

Jetzt hätten wahrscheinlich hundert Ratten im Hof vor seiner Nase herumtanzen können, und es wäre ihm nicht in den Sinn gekommen, auf sie zu schießen.

Aber Mutter und Sohn verstanden sich auch ohne viele Worte. Waren doch beide an

Grenzen gestoßen, an denen mit einem Durchhaltevermögen allein nichts mehr bewirkt werden konnte.

"Ach, mein Junge! Ich glaube, du warst sehr tapfer gewesen!"

Und in diesem spontanen Seufzer seiner Mutter lag der ganze Stolz, den er immer hatte herausfordern wollen.

Nun hatte er seinem großen Bruder sogar etwas voraus, denn er hatte die Mutter ganz für sich allein. Jeder wußte vom anderen, daß er litt, und jeder vermied den Finger in die Wunde des anderen zu stecken.

Trotzdem nahm Gert den nächsten Besuch von Gerlinde zum Anlaß, endlich sein Verhältnis zu Vera zu klären oder wenigstens Michael wieder zu sehen, und fuhr nach Weißwasser.

Damit begann eine ruhige Zeit auf der Neißstraße drei. Kein Stimmengewirr, kein ständiges Knacken der Holztreppe und kein Türenschlagen, wie es Elma immer gern getan hatte.

Und die Selbstgespräche der Mama Baikowski hörte niemand.

Weißwasser bildete eine Schnittstelle zwischen zwei verschiedenen Landschaften. Im Osten der Muskauer Forst, eine Wald- und Heidelandschaft, die sich bis zur Neiße erstreckte und im Westen die aufgewühlte Erde des Übertageabbaus der Braunkohle bis in die Niederlausitz hinein.

Bestimmend für die Stadt waren deren Glashütten. Die Arbeit an den Schmelzöfen war hart und ungesund und die Lebenserwartung niedrig.

Diesem Wirrwarr von Schächten, hölzernen Abkühlbottichen, Glasbläserpfeifen und den alles beherrschenden Schmelzöfen mit den vielen kleinen Hafenöffnungen sah sich eines Tages Gert gegenüber.

Schon nach wenigen Tagen des Einarbeitens schwitzte und spuckte er wie die anderen. Sein Fluchen war allerdings nicht so laut, und getrunken wurde bei ihm nur Milch und Sprudel.

Vera hatte ihm auf den Kopf zu gesagt: "Natürlich hatte ich auch andere Männer! Oder meinst du, daß ich alt werden will ohne festen Partner? Du hattest dich ja abgesetzt, und es sah verdammt nicht danach aus, daß du jemals wiederkommen würdest."

Gert war darüber nicht schockiert gewesen. Im Gegenteil. Er schätzte ihre Aufrichtigkeit. Und außerdem war das Verhältnis zu Michael schon wieder das, was es vorher immer gewesen war.

"Wir können doch heiraten", hatte er nur daraufhin gesagt.

Und das geschah ohne Pomp und Trubel vor allem auch deshalb, da ein erneuter Krankenhausaufenthalt von Mama bekannt wurde.

Der erste Stock eines Häuschens am Ortsrand von Weißwasser war nun das Zuhause der Neuvermählten, mit einem Balkon, von dem aus der Blick in das waldreiche Hinterland frei war.

Er wurde für Gert zu einem Lieblingsplatz. Denn wenn er nicht mit Michael spielte, dann zog er sich auf diesen Balkon zurück, von wo aus er über den Wald sah und zu meditieren schien.

Von Elan und Übermut verlassen mußte er wohl von dieser hohen Warte auf den nächsten Urknall gewartet haben.

Alle Kinder der Mama Baikowski, die im Osten wohnten, hatten sich eingefunden.

Auch Hugo hatte Sonderurlaub bekommen, um die Mutter am Krankenbett zu besuchen.

Und die Kranke bekam nur lächelnde und aufmunternde Gesichter zu sehen, die sich erst nach dem Verlassen des Krankenzimmers verfinsterten.

"Das sieht nicht gut aus", ließ Gerlinde ihre Geschwister wissen.

"Aber werden nicht hoffnungslose Fälle nach Hause abgeschoben? Die wollen aber Mama hierbehalten! Also ist Hoffnung", versuchte Hugo zu entkräften. "Wir werden noch einmal mit dem diensttuenden Arzt sprechen", entschied er schließlich, als er in nur ratlose Gesichter blickte.

"Sie wollen die Wahrheit?" fragte dieser. "Nun - wir haben noch einmal eine Geschwulst entfernt. Wie weit sich Metastasen ausgebreitet haben, ist zur Zeit nicht feststellbar. Das heißt für alle - abwarten. Tut mir leid, daß ich Ihnen nichts Besseres und Genaueres sagen kann."

Er drehte sich noch einmal um. "Ein Kompliment muß ich Ihrer Mutter machen. Es gibt kaum einen Patienten, der so wenig sein eigenes Leid beklagt, wie Ihre Mutter. Eine tolle Frau!"

Ernst hatte sich einen Gebrauchtwagen gekauft, den er zusammen mit Erich an diesem Nachmittag im Juni wusch.

Babette schrie oben in der Wohnung, weil sie sich nicht die Haare waschen lassen wollte, und Frieda war im Begriff zum nahen Krämer zu gehen, um ein paar fehlende Lebensmittel zu kaufen.

Birgit hatte im Hof versucht eine Katze zu fangen und hing sich nun an die Hand ihrer Tante, als sie diese mit dem Einkaufskorb sah.

Sie mußten gerade auf dem Weg vor dem Haus gewesen sein, als die Autowäscher einen Wagen hörten, der gleich wieder abfuhr.

"Ein Telegramm", meinte Frieda, als sie mit leerem Korb schon wieder zurückkam.

"Von Gerlinde", rief sie den Männern zu, die nur kurz von ihrer Arbeit aufsahen.

Birgit eroberte sich den Wasereimer für die Autowäsche, und Frieda ging sehr langsam in den ersten Stock zu Maria.

"Vielleicht will sie auf Besuch kommen", mutmaßte Erich.

"Glaube ich nicht. Vor dem Rentenalter ist da nichts zu machen. Und außerdem ist auch Werner schon in einer Position, in der er sich Westkontakte nicht leisten kann."

Ernst ließ den Schwamm in den Eimer plumpsen, daß Birgit entzückt aufschrie und es gleich nachmachen wollte.

"Wird besser sein,wir gehen mal nach den Frauen sehen. Ich habe das Gefühl,es kann keine gute Nachricht sein."

Babette rubbelte mit einem Handtuch ihre Haare trocken, die Verbindungstür der beiden Wohnungen stand offen. Es war verdächtig ruhig.

Die Schwestern saßen sich in der Küche gegenüber, und Frieda knitterte nervös mit dem geöffneten Telegramm.

Als Ernst ihre verweinten Augen sah, fragte er nur: "Mama?"

"Ja. Sie ist heute verstorben. In vier Tagen ist die Beerdigung. Da müssen wir unbedingt rüber!"

"Da fahren wir auch! Egal was passiert", bekräftigte Maria. Dann hielt sie sich die Hände vors Gesicht und weinte. "Der Tod ist sicher besser als ein langes Leiden. Aber was hat sie schon vom Leben gehabt?"

Frieda begann ihre Gedanken zu ordnen. "Wir brauchen Trauerkleidung, und wir brauchen Fahrkarten. Und wir müssen Daumen drücken, daß sie uns mit dieser Todesanzeige über die Grenze lassen."

"Vielleicht kommen wir rein und nicht mehr raus", gab Maria zu bedenken.

"Das könnte passieren, wenn unsere Männer mitkämen. Aber die bleiben ja hier."

Um einen Bittgang zu ihrer Chefin kamen Ernst und Erich nicht herum.

Das Geld war für laufende Raten aufgeteilt, und die außergewöhnlichen Ausgaben für die Beerdigung konnten nur durch einen Vorschuß erbracht werden.

Als sie das "Allerheiligste" nach einer Voranmeldung betraten, konnten Ernst und Erich bereits zwei kleine Häufchen der Geldscheine auf dem Schreibtisch der Chefin sehen.

"Sie wissen", begann die resolute Dame gleich ohne Umschweife, "ich habe volles Verständnis für Anliegen meiner Mitarbeiter. Nur - wäre es nicht ratsam, ab und zu etwas auf die hohe Kante zu legen? Also nicht alles gleich auf einmal haben zu wollen. Wäre doch ratsam?"

"Es handelt sich hier um den Tod unserer Schwiegermutter", übernahm Erich ihre Verteidigung, "und der war nicht vorhersehbar."

"Mein aufrichtiges Beileid!" Dabei legte sie ihre Hand auf die Geldscheine.

"Tja also - da wäre noch eine Kleinigkeit. Also - böse Leute gibt es ja überall, und ich bin mit solchen eigentlich immer fertig geworden. Nur findet neuerdings so einiges hinter meinem Rücken statt, und es wäre für mich gut zu wissen, auf welche Mitarbeiter ich mich wirklich verlassen kann. Sollte also jemand im Betrieb erscheinen, der ohne mein Wissen die Leute befragt, dann werden Sie ihm doch bestätigen, daß wir hier keinerlei Gifte ins Wasser leiten?"

Die Hand der Chefin lag noch immer auf dem Geld.

"Wir haben", erkannte Ernst die Situation, "mit Giften nichts zu tun."

Erich schüttelte zur Bestätigung den Kopf.

"So ist es recht! Ich wußte, daß ich mich auf Sie verlassen kann."

Die Hand glitt vom Geld und schob es nach vorn.

"Und seien Sie lieb zu Ihren Frauen! Es ist nicht leicht, eine Mutter zu verlieren."

Ende Juni und so ganz mitten in der Woche stand eine kleine Trauergemeinde vor der Aussegnungshalle oberhalb des Luthersteigs in Görlitz.

Und alle waren sie gekommen - die Kinder der Mama Baikowski.

Hugo mit einem Trauerflor am Ärmel der Uniform und Gert mit schwarzer Binde auf brauner Jacke, da er so schnell keinen dunklen Anzug hatte auftreiben können.

Die Schwestern trugen alle schwarze Kleider und wirkten, außer Elma, ziemlich gefaßt.

Das Nesthäkchen - vielleicht auch immer etwas Sorgenkind - das sehr oft trotzig und auflehnerisch gegen ihre Mutter gewesen war, weinte pausenlos, so als wollte sie mit jeder Träne um späte Verzeihung bitten.

Frieda und Maria waren zu spät gekommen, um noch zu sehen, was von ihrer Mutter sterblich war.

Sie alle erfuhren von Gerlinde, die in den letzten Tagen an Mutters Seite gewesen war, daß ihr Leiden nur durch Morphium erträglich gemacht worden war.

Nur der Tod hatte es möglich gemacht, daß sich alle Geschwister noch einmal gefahrlos sehen durften. Und als Maria von Gert wissen wollte, ob es für ihn eine sehr harte Strafe in Bautzen gewesen sei, antwortete er: "Naja - viel Arbeit. Und der Kopf ist zurechtgerückt worden."

Die Stadt selbst erschien den Schwestern aus dem Westen erdrückend und abweisend, so als wollte sie ihnen sagen: "Ihr gehört nicht mehr zu uns!"

Gert hörten sie sagen: "Vielleicht ist der Tod nur ein Urlaub vom Leben."

Mama Baikowski, die es hätte wissen müssen, bekam ihren Ruheplatz im hinteren Teil des neuen Friedhofes - dort, wo schon die Neubauten von Königshufen dessen Rand berührten. Es lag über der Stadt - dem Himmel etwas näher.

Die Hinterlassenschaft der Mama Baikowski bestand aus vielen guten Gedanken, die in ihren Kindern weiterleben sollten, und zu den wenigen greifbaren Dingen gehörten ein paar Briefe, auf deren Papier sich die Feder so eigenwillig verhakt hatte und ein paar Bilder, die zuerst täglich mit trauriger Nachdenklichkeit betrachtet wurden, und die dann

schließlich in irgendwelchen Kartons verschwanden und nur noch bei Aufräumungsar-
beiten wieder ans Licht gezogen ihre vergilbte Vergänglichkeit preisgaben.

Erinnerungen - gut verarbeitete Erinnerungen - waren der Zins für gelebte Jahre.

Als zwei Jahre nach Mama Baikowskis Tod Maria einen Stammhalter zur Welt brachte,
war das Weiberregiment der Kinder der beiden Familien beendet.

Der kleine Thorsten wurde sofort Mittelpunkt, und sogar Ernst war aufgeregt, als hätte
er selbst einen Sohn bekommen.

Die Mutter war glücklich und der Vater stolz, und es fiel in eine Zeit, in der die Wirtschaft
den Himmel stürmte und Risikobereitschaft vor Sicherheit gesetzt wurde.

Teilhaben, Dabeisein, sich etwas gönnen, selbst wenn man sich dafür die ganze Woche
krummlegen mußte.

"Verdammt! Ich sehe nichts!"

"Was siehst du nicht?"

"Na, ich meine, es müßte schon längst eine Straße abgehen."

"Sage doch gleich, du hast dich verfahren."

Erich hielt den Wagen an und stieg aus. Die Kinder waren auf dem Rücksitz einge-
schlafen, und Maria blieb demonstrativ auf ihrem Beifahrersitz.

Tschechoslowakei im Dezember 1967.

Es lag Schnee, und der Prager Frühling war noch fern. Erich war in einer tristen Gegend
hinter Chomotov auf eine Nebenstraße geraten und suchte die Straße nach Most.

Die mit ausgebrannter Kohlenschlacke gestreuten Straßen hatten den hellen Wagen
schwarz gefärbt.

Nachdem ein Rundumblick auf dieser verkehrsarmen Straße ohne Erfolg blieb, setzte
sich Erich wieder in den Wagen und beugte sich über die Karte.

"Irgendwo müßten wir mal etwas Warmes trinken", nörgelte Maria.

Erich war gereizt. "Soll ich nun ein Gasthaus oder die richtige Straße suchen?"

Er wußte, sobald die Kinder aufwachen würden, hatte er dann vier Stimmen gegen sich.

Ein Bus, vollbesetzt mit Arbeitern, die von ihrer Frühschicht nach Haus gefahren wurden, kam ihnen entgegen. Der Fahrer hielt den Bus an, kletterte von seinem Führersitz
und kam zu Erich, der verblüfft das Seitenfenster herunterließ.

"Deutsche von West, eh? Kann ich Ihnen helfen?"

"Das ist sehr freundlich. Wir wollen nach Most."

"Da können Sie ruhig auf dieser Straße bleiben. Es kommt nur noch eine kleine Ort-
schaft, und in Havran beginnt wieder die richtige - äh - große Straße."

Er lächelte, grüßte in den Wagen und meinte noch: "Vielleicht sechs Kilometer."

Bevor Erich ein Danke herausbringen konnte, war der freundliche Fahrer schon wieder im Bus und fuhr weiter.

"Was sagst du dazu? Bei uns hätte doch wohl kein Fahrer mit einem vollen Bus angehalten - "

"Deutsche von West, eh?" äffte Maria nach. "Wären wir Deutsche von Ost, dann hätte er uns wahrscheinlich in die Wüste geschickt."

Nach einigen Kilometern wachte Thorsten auf. Er klammerte sich an die Rückenlehne vom Papa und fragte verschlafen: "Können wir heute noch Bonanza sehen?"

"Nein, mein Junge", grinste der Vater. "Aber dafür wirst du heute deine Oma sehen."

"Oma? - Hast du auch eine Oma?"

"Jeder Mensch hat eine Oma, nur ist meine schon lange tot."

"Paß lieber auf die Straße auf!" mischte sich Maria ein. "Merkst du nicht, daß der Junge nur so redet, weil er Durst hat?"

"Es gibt wohl kaum einen größeren Unsinn - "

"Oh ja - Durst", ließ nun Thorsten vernehmen und kippte freudig auf den Rücksitz zurück, womit er die Mädchen aufweckte.

"Warum legst du den Kindern etwas in den Mund? Die haben doch gar keinen Durst. Außerdem sind da noch Apfelsinen in der Tasche. Das kurze Stück bis Varnsdorf werden wir wohl noch aushalten."

Dafür bekam er von Maria einen bösen Seitenblick, und sie wandte sich an die Kinder: "Seid nur schön ruhig! Sonst verfährt sich euer Papa wieder."

Vor einem kleinen Gasthaus in Sichtweite der Grenzer wartete sie schon - die Oma. Fragendes Staunen bei den Kindern, Freude bei Erich und Maria und sichtbare Verlegenheit bei Oma, die nicht wußte, wen sie nun zuerst begrüßen sollte.

"Wäre unsere Post geöffnet worden, dann wäre dieses Treffen hier nie und nimmer möglich geworden", stellte Oma später bei einem Imbiß fest. "Natürlich werde ich von allen beneidet und soll auch schön grüßen."

Hinter dem Schlagbaum war es nur ein Katzensprung bis Görlitz.

"Ich schlage vor, wir fahren nach Prag und versuchen dort ein Quartier zu bekommen. Ist für uns besser, als ständig diese Grenze anzustarren."

In Prag mußte Erich die Erfahrung machen, daß man dort längst nicht so auskunftsfreudig war wie in der Provinz.

Auf die Frage "Sprechen Sie deutsch?" sagte man "Ja" und lief weiter.

Nach mühsamen Durchfragen stand bald fest, ein Quartier war so schnell nicht aufzutreiben, und Erich fuhr wieder aufs Land.

Babette und Birgit erzählten der Oma ihre Geschichten, und Thorsten versuchte sich ebenfalls von Zeit zu Zeit lautstark durchzusetzen. Er bot Oma an, mit ihr nach Haus zu fahren, dann könnten sie doch zusammen Bonanza sehen.

Als er von ihr jedoch erfuhr, daß sie Bonanza gar nicht kannte, war er zutiefst enttäuscht, gab sich dann aber alle Mühe, ihr gestenreich einiges vorzuspielen.

So verging die Zeit während der Fahrt übers Land, und Erich fuhr in Melnik ein.

Ein Gsthaus, in dem gerade eine Hochzeit gefeiert wurde, hatte noch Zimmer frei.

Gleich bei der Anmeldung kam ein angetrunkener Gast und zeigte auf Erichs Kugelschreiber. "Kann ich kaufen? Ist Rarität bei uns."

Als er ihn von Erich geschenkt bekam, wollte er sich mit einer Verbeugung bedanken, brach dann aber den Versuch ab und kam vertraulich nahe.

"Wenn im Zimmer ein Radio steht", zischelte er, "dann dürfen Sie es nicht einschalten! Es gibt bei uns Abhöranlagen. Ja, ja - ist schon so. Aber mehr werde ich nicht sagen - "

Maria, die nicht alles hatte verstehen können, zog Erich ins Zimmer.

"So ein Zirkus! Das ist ja wie im Urwald! Nur, daß hier statt der Glasperlen die Kugelschreiber gefragt sind."

Trotzdem wurden es zwei schöne Tage, in denen den Kindern bewußt wurde, wirklich eine Oma zu haben. Die Schul- und Kindergartenfreunde hatten alle eine. Nun konnten sie mitreden.

Oma beruhigte beim Abschied: "Wenn ich meine Rente habe, komme ich euch besuchen."

Verstehen konnten sie es nicht.

"Wir schreiben uns!" war das letzte gemeinsame Bekenntnis, dann schritt die Oma auf den Schlagbaum zu.

Die Rückfahrt zur bundesdeutschen Grenze war voller Tücken. Nahe Most kam Nebel auf, und der wurde so dicht, daß selbst im Schrittempo die Straße nicht mehr zu erkennen war. Und als Erich anhielt, bemerkte er erst nach dem Verlassen des Wagens, daß sie vor einem hellerleuchteten Kino standen.

Das Visum lief um Mitternacht ab, der Motor lief heiß, Erich hatte Schweißperlen auf der Stirn, und die Kinder wollten in den ungünstigsten Momenten unbedingt ihr Geschäft machen, und Maria nervte mit dem wiederholten Vorwurf: "Du mußtest ja unbedingt im Dezember fahren!"

Daß die Kinder auf den Rücksitzen und auf dem Fußteil zusammengerollt schliefen, konnte die Grenzer nicht davon abhalten, sie aus dem Wagen zu holen, um alles gründlich durchsuchen zu können.

Erich legte das letzte verbliebene tschechische Hartgeld auf den Tisch der Grenzstation. Der Beamte wies auf eine Vitrine, hinter der hauptsächlich Karlsbader Oblaten lagen und meinte damit, es könnte dort der Gegenwert entnommen werden.

Ganz obenauf in einem Extrafach eine schöne indianische Friedenspfeife aus Glas, für die sich Erich spontan entschied.

Die Stirn des Grenzers kräuselte sich, und es begann ein peinlich genaues Nachzählen des Geldes.

Es fehlten fünf Pfennige!

Aber der Beamte war nicht zu erweichen, und Erich mußte, Flüche unterdrückend, mit einigen Packungen trockener Oblaten zum Wagen marschieren, vor dem Frau und Kinder schon frierend auf die Weiterfahrt warteten.

Für die Familien von Ernst und Erich war die Zeit der Anpassung gekommen.

Sie hatten gelernt, daß Arbeigeber nun einmal die zu respektierenden "Herren" waren, und daß es nicht immer klug sein mußte, vor ihnen alle Gedanken auszusprechen, wie sie es aus der Zeit der "Kollegen" und "Genossen" noch kannten.

Gearbeitet wurde hart und viel; dafür aber auch die Freizeit bis zur letzten Minute ausgekostet. Das Auto brachte die nötige Beweglichkeit, um immer weitere Ziele abzustekken.

Die Erzählstunden auf der Neißstraße lagen weit zurück, und die Gegenwart war so aufreibend, daß jeder neue Tag den vorangegangenen in den Schatten zu stellen schien.

Als Thorsten zur Schule kam, stand man auf dem Höhepunkt der Erwartungen und selbst Maria, die gern das Haar in der Suppe suchte, mußte eingestehen, daß das Erreichte alle vorsichtigen Wünsche übertroffen hatte.

Beide Familien hatten die Hasen- und Hühnerzucht längst aufgegeben, da es mit den vielen Reisen und Freizeitaktivitäten nicht mehr in Einklang zu bringen war.

Für immer mehr Freiheit, immer mehr Beweglichkeit, stellte die Betriebswohnung das letzte Hindernis dar, das Ernst ganz plötzlich hinter sich ließ und mit seiner Familie in ein anderes Dorf zog.

Etwas leid tat es Ernst schon, daß er ein Stück Romantik zurücklassen mußte. Dazu gehörten die vielen Nachmittage und Abende auf der Bank unter dem Kastanienbaum, dessen Zweige und Äste in die Fenster der Wohnung hineinragten und im Sommer einen angenehmen Schatten spendeten. Hier hatten die Kinder gespielt, und hier war so mancher Tag beendet worden. Hier hatte es zwar noch lange Zeit ein Plumpsklosett gegeben, die Hofeinfahrt war versandet, und im absterbenden Birnbaum gab es Hornissennester, aber der Hauch der Freiheit war immer stärker zu spüren gewesen, als es in den Neubauwohnungen vorstellbar war.

Zwanzig Kilometer trennten jetzt die beiden Familien. Mit dem Auto keine Entfernung, und die Arbeit führte sie ja ohnehin wieder zusammen.

"Wir haben uns ein Schlauchboot gekauft, das wir am Wochenende ausprobieren und zu Wasser lassen wollen", teilte Ernst voller Stolz dem überraschten Erich in einer Arbeitspause mit. "Schau dir das Ding doch einmal an!"

Das Schicksal lauerte an einer schwachen Straßenbiegung, am mittleren von drei Bäumen, die als Rest einer früheren Überlandallee noch stehengeblieben waren.

Der Aufprall war so stark, daß es Ernst die Schuhe von den Beinen riß. Aber er spürte es nicht mehr. Er spürte überhaupt nichts mehr.

Die Heimfahrt von der Spätschicht wurde zum Schlußpunkt seines Erdendaseins.

Frieda war, nachdem sie es erfuhr, kaum ansprechbar. Sie weinte und schrie hysterisch auf, wobei die Mädels nur blaß und sprachlos ihre Mutter anstarrten.

Erich zitterte, und Maria umarmte einmal die Mädchen und dann wieder ihre Schwester.

Auf die Frage: "Wie konnte das passieren?" gab es auch nach eingehender Untersuchung keine Antwort.

Fest stand nur, daß der Wagen ohne Bremsspuren auf die linke Straßenseite geraten war, der Lenker eines zufällig entgegenkommenden Fahrzeugs in einem nahen Gehöft den Rettungsdienst anrief, und Wiederbelebungsversuche erfolglos geblieben waren.

Alles, was Ernst einmal gesagt hatte, bekam nun Gewicht. Und Erich erinnerte sich an eine Bemerkung, in der er bekannte: "Ich werde einmal einen schnellen Tod haben. Meine Mutter und viele meiner Verwandten sind an einem Hirnschlag gestorben. Warum sollte ich eine Ausnahme sein?"

Für seine Familie aber war es unendlich schwer, das Loslassen zu üben.

Gerlinde war darauf bedacht, den Kontakt zum Westen nicht abreißen zu lassen.

Über sie erfuhren die "Abgetrennten" auch hin und wieder etwas von Hugo, Gert und Elma.

Letzterer bekam das Landleben im Oderbruch, und einige Bilder im Brief belegten, daß Hugo und Irene Nachwuchs bekommen hatten, die aber Grüße und Glückwünsche aus dem Westen nur auf Umwegen erhalten konnten, und so manch trauriger Blick traf das eingerahmte Fährschiff, das Maria aus dem Nachlaß von Mama erhalten hatte.

Gert besuchte einen Fortbildungslehrgang und schrieb nie. Da mochte auch die Angst mitspielen, nach seinem Bautzen-Aufenthalt wieder bei Westkontakten erwischt zu werden.

Still und sachlich wurde er beschrieben, so wie es Menschen sind, die keinen Traum mehr haben, und die auf keinen Höhepunkt mehr warten.

Ein junger Greis, der stets nur neben seinen eigenen Fußstapfen einhergelaufen war. Liebenswert und verkannt.

Seine Kopfschmerzen kamen öfter und wurden stärker, und eine gründliche Untersuchung wurde unumgänglich.

Gehirntumor! Inoperabel!

Sein versteinertes Gesicht signalisierte eine totale Undurchdringlichkeit. Ein Film schien in ihm abzulaufen, wie bei einem Bergsteiger, der den Absturz vor Augen hat.

Und in diesem Film mußte er wohl all seine verpaßten Gelegenheiten gesehen und die

Sinnlosigkeit als Fazit akzeptiert haben.

Vera, die ihren Mann noch zu später Stunde auf dem Balkon wußte, wollte nach ihm sehen, doch der Stuhl war leer.

Einer schlimmen Ahnung folgend, sah sie über das Geländer.

Die helle Kleidung ihres Mannes war in der Dunkelheit noch leicht auszumachen. Er lag mit ausgebreiteten Armen auf dem harten Rasen unter dem Balkon.

Die Höhe hatte genügt, um ihn dahin zu bringen, wo alle Sorgen aufhörten.

Er hatte als Wanderer zwischen den Welten seine eigene nie finden können.

Was ist Heimat?

Liegt sie dort, wo man geboren wurde? Dort, wo man aufwuchs?

Oder ganz einfach dort, wo man angenommen wurde und sich wohlfühlt?

Aber das Wort Heimat hat keine Mehrzahl, und die Entscheidung kann nur auf eine der Möglichkeiten fallen.

Was aber, wenn Umstände dazu zwingen, mehrmals eine bereits angenommene Heimat zu wechseln? Verliert man dann die ursprüngliche und erste Heimat?

Räumlich bestimmt.

Aber die Wurzeln bleiben im Bewußtsein, und dabei ist es egal, ob die Erinnerungen schlechter oder angenehmer Art sind.

Das war bei Maria nicht anders. Da, wo liebe Menschen begraben lagen, mußte auch eine Heimat sein. Und natürlich überall dort, wo eigene Kinder das Licht der Welt erblickt hatten.

Heimat hat also doch eine Mehrzahl.

Man schrieb inzwischen das Jahr 1985, und Erich hatte über ein Vierteljahrhundert seine Heimatstadt nicht mehr gesehen. Nicht sehen dürfen, denn jeder Versuch, das zu ändern, wäre auch im Gefängnis von Bautzen geendet.

Nun aber kam die unerwartete Meldung seiner Eltern, daß seine "Strafsache" verjährt sei, und einem Besuch nichts mehr im Wege stünde.

Daß die Kinder schon groß waren und Babette verheiratet, ließ das Restrisiko kleiner werden, und man beschloß, die Fahrt zu wagen. Zumal Maria ja auch an das Grab der Mutter wollte.

"Jedenfalls dürfen wir uns in keine Polemik einlassen", riet Erich. "Und auch möglichst keine Kritik äußern!"

"Das merke dir mal schön! und gib da drüben nicht an wie zehn nackte Neger!" konterte Maria. "Ich habe mich bei dir daran gewöhnt, aber andere könnten manchmal glauben, du wärst etwas ganz Besonderes."

Grenzer, die ihren Hochsitz nicht verließen. Ausweise, die auf Laufbändern von Posten zu Posten befördert wurden. Herausgewunkene Wagen, die wie ein kapitalistischer Leichnam auf das Sezieren warteten.

Eine allgemeine Bärbeißigkeit schien angeordnet, und keiner der Uniformträger ließ auch nur durch ein noch so schwaches Lächeln einen Verstoß erkennen.

"Is nich richtich ausgefüllt! Gönn Se nich läsen?"

Erich bekam einen roten Kopf, schon wegen der Unterstellung, er könne nicht lesen, und er kräuselte die Stirn, weil er mit dem zurückgereichten Schein über die Inhaltsangabe der mitgeführten Gegenstände nicht recht wußte, was da eigentlich zu ändern sei.

"Bißchen begriffsstutzich, was? Se hamm die Schokolade in Gramm ongegäb'n. Do is aba ne Spalte für de Stückzohl. Uff gutt deutsch - wieviel Tofeln."

Nur Maria grinste.

"Forn Se do vor, wo där Kolläche steht!"

Der Kollege stand aber äußerst ungünstig auf der mittelsten dreier Fahrspuren und drehte ihnen den Rücken zu.

Erich widerstrebte es, die Rückseite einer Uniform anzusteuern, und so blieb ihm nur die Wahl, links oder rechts an diese lebende Statue heranzufahren.

"Wos meen Se woll, warum ich hier steh? Fohrn Se gefällichst in meene Spur!"

Erich schluckte die Antworten, die ihm auf der Zunge lagen, tapfer runter, bekam abermals einen roten Kopf und befolgte auch diese Anweisung.

Dann begann die Fahrt entlang einer unendlichen Trostlosigkeit über Straßen, die große Geschwindigkeiten nicht zuließen, vorbei an Transparenten, die den Arbeiter- und Bauernstaat hochleben ließen und vorbei an Städten und Dörfern, die alle ein tristes Grau zeigten.

Ab dem Löbauer Berg wurde es heimisch. Rotstein, Landeskrone und dann die Stadt.

Als Erich in die Brautwiesenstraße einfuhr, sahen sie Häuser, die nur noch abgemagerte Gerippe waren, und in denen nur noch vereinzelt Leute wohnten.

Die Straßen schmutzig und staubig, als wäre ein ständiger Ascheregen niedergegangen.

Eine Rangierlock stand auf einem Abstellgleis unter Dauerdampf als Ersatz einer Wasserpumpe für die Heizung und verrußte alle anliegenden Hinterhöfe und Hausflure, deren abgeblätterte Uraltfarbe nicht mehr zu erkennen war.

Verrostete Müllkübel auf den Bürgersteigen und hin und wieder ein zersessenes Sofa oder eine aufgerissene Seegrasmatratze, die an Hauswände gelehnt verwitterten und nicht abgeholt wurden.

Es war, als wäre der letzte Krieg soeben erst verloren worden.

"Ja, ja", meinte Erichs Mutter nach der stürmischen Begrüßung auf der Landeskronstraße. "Um ein Haar wäre ich damals auch verhaftet worden. Man wollte mir einreden, daß eine Mutter etwas davon wissen müßte, wenn der Sohn in den Westen geht. Und schon die Mitwisserschaft steht unter Strafe."

Erich war betroffen. "Ich habe das bis jetzt nicht gewußt."

Die Mutter machte eine wegwischende Handbewegung. "Wir sind alle keine Helden. Mitläufer. So wie die große Masse. Die, die sich in einer Heldenrolle versucht haben, sitzen in Bautzen oder in einem der vielen Gefängnisse bei uns. Und nun sagt doch mal ehrlich - lohnt es sich überhaupt ein Held zu sein? Ändern konnten die auch nichts. Oder?"

Größere Zweifel hatte der Vater. "Das sind ni alles Helden, die do sitzen. Do sind schon ganz scheene Spitzbuben dabei!"

Das klang nach Zeitungswortlaut, nach Formulierungen, die, immer wieder gelesen, eine Wahrheit ergeben sollten.

Mamas Grab konnte erst nach längerem Suchen gefunden werden, da der immergrüne Efeu sich alle Mühe gegeben hatte, nicht nur Grabhügel und Wege in seinen Besitz zu bringen, sondern auch die Grabsteine bis zur halben Höhe verschwinden ließ.

Gerlinde hatte allen Wucherungen zum Trotz ein paar Blumen gepflanzt, und es sah aus, als würden die Toten hier nur einen Dornröschenschlaf halten - in stiller Erwartung des Helden mit einer Machete.

Alles war wie einst, und vieles erschien unberührt, nur auf den Straßen waren weniger Leute als einst.

Für Maria und Erich war es ein Erinnerungsspaziergang inmitten der Steine, die Trauer trugen.

Und als sie am Ende der Brüderstraße den abbröckelnden Erker des Schönhofs sahen, hatte Erich das Empfinden, daß diese Häuser laut aufschrien, und es nur niemand hörte.

Ihre Augen aber wanderten schon zur Neißstraße, die mit dem Schild des "Hirschen" an der Ecke bereits sichtbar wurde.

Und es schien tatsächlich alles wie einst.

Maria stellte sich vor das "Bürgerstübel" und starrte auf die blinden Fenster gegenüber.

Sie stand nur stumm und betrachtete das Haus Nummer drei wie ein Denkmal, während Erich seinem Drang nachgab und die schwere Klinke der Haustür niederdrückte, um noch einmal den harten Widerhall im Hausflur zu vernehmen.

Doch da war kein Widerhall. Die Tür gab nur einen winzigen Spalt frei, und was Erich da zu sehen bekam, ließ ihn zurückfahren.

Von dem Haus stand nur noch die Fassade. Der innere Teil war zusammengefallen, und die Gesteinsmassen versperrten die Tür, so als wäre nach dem Auszug der Baikowskis die Aufgabe dieses Hauses erfüllt.

Erich umklammerte die Klinke abermals und schloß für einen Augenblick die Augen.

War da nicht Elmas Schlurfschritt zu hören? Vielleicht kam sie mit einer Portion Sauerkraut?

Und - schnalzte da nicht der Gummi von Gerts Katapult?

Nein. Hier stand er ganz allein.

Die Ratten hatten den Sieg davongetragen!

GÜNTER BAUM schrieb viele Jahre auch unter dem Pseudonym WALTRAUD
GÜNTER

In jeder Buchhandlung zu bestellen:

WALTRAUD GÜNTER

"DIE SONNE IST HINTER DEN WOLKEN" Roman aus der Psychosomatik
170 Seiten 19,80 DM ISBN 3-88855-073-4 Verlag W. Richter / München
"MUTTER ! OH MUTTER !" Familienschicksal
121 Seiten 21,00 DM ISBN 3-88855-085-8 Verlag W. Richter / München
"DIE MÄDCHEN VON DER DAIMLERSTRASSE" Hamburger Schicksal
117 Seiten 19,80 DM   ISBN 3-926907-02-9 Littera Verlag/München VERGRIFFEN
"VIEL MEHR ALS FLEISCH UND BLUT" oder "DER ANGEPASSTE DEUTSCHE"
Roman / Deutschland Ost und West
194 Seiten 19,80 DM ISBN 3-89406-588-5 edition Fischer / Frankfurt / Main
"ERST ALS DIE LETZTE TROMMEL SCHWIEG" Novelle
64 Seiten 12,80 DM   ISBN 3-88611-167-9 Verlag freier Autoren / Fulda

GÜNTER BAUM

"AGNES STÖCKLIN" oder "ALS DER TEUFEL AN DER KIRCHE KRATZTE"
Geschichtsnovelle
107 Seiten 18,00 DM ISBN 3-88611-224-1 Verlag freier Autoren / Fulda
"ALS DIE SONNE INS MEER FIEL" Lyrik
104 Seiten 14,80 DM ISBN 3-89501-639-X edition Fischer / Frankfurt / Main
"DIE GLUT DER KALTEN TAGE" oder "DAS LÄCHELN DER MADONNA" Roman
158 Seiten 26,80 DM ISBN 3-931627-34-9 Mauer Verlag / Rottenburg a/N
"DER ERIS-APFEL" Die Geschichte der Michaela R. Sachbuch
88 Seiten 24,80 DM ISBN 3-931627-43-9 Mauer Verlag / Rottenbburg a/N
"DIE VIER WOCHEN DES MONDES" und "ALS DER KLANG ZUM SOUND
WURDE" Eine Soltau-Erzählung
80 Seiten 19,80 DM ISBN 3-931627-65-9 Mauer Verlag / Rottenburg a/N

Näheres über den Schriftsteller und sein Werk über Internet:
http: // www. deutsche-buecher. de
oder
http: // members. tripod. de / baum_guenter

"Hier ist ein Erzähler am Werk, der es versteht, in knappen Sätzen etwas heraufzube-
schwören - " (Scriptum / Schweiz)